Das Buch

»Sprachloses Leiden hat er zur Sprache gebracht«, schreibt W. Martin Lüdke. »Er hat von sich gesprochen und von denen, die lebten wie er, die arbeiteten wie er, die litten wie er. Er hat in der Figur des Holl seine eigene Kindheit und Jugend beschrieben. Er war elf Jahre lang Knecht, dann Lehrling, Arbeiter, Abendschüler, Student.« Belastet mit den Erfahrungen einer qualvollen Kindheit und mühsamen Anstrengungen, als Lehrling und Fabrikarbeiter Selbständigkeit zu behaupten, unternimmt Holl nunmehr den Versuch, als Abendschüler und schließlich Student sich Eintritt in die »Welt des Redens« zu verschaffen. Die Enttäuschung ist zwangsläufig: Lehrer, die ihre eigenen psychischen Verkrümmungen rücksichtslos an die Schüler weitergeben, und selbstherrliche Professoren, Vorgesetzte und Politiker, sie alle verschanzen sich hinter »großen Wörtern«, die nichts mehr bedeuten. Holl muß sich die Antworten auf seine Fragen anderswo suchen, bei Arbeitskollegen, bei Freunden, bei sich selbst.

Der Autor

Franz Innerhofer wurde am 2. Mai 1944 in Krimml bei Salzburg geboren. Mit sechs Jahren kommt er auf den Hof seines Vaters. Dort lebt und arbeitet er elf Jahre, anschließend Schmiedelehre und Militärdienst. Ab 1966 Gymnasium für Berufstätige, danach Studium der Germanistik und Anglistik in Salzburg. Er veröffentlichte u. a.: ›Schöne Tage‹ (1974), ›Schattseite‹ (1975), ›Um die Wette leben‹ (1993), Romane; ›Der Emporkömmling‹ (1982), Erzählung.

Von Franz Innerhofer sind im
Deutschen Taschenbuch Verlag erschienen:
Schöne Tage (11739)
Schattseite (11851)

Ungekürzte Ausgabe
April 1994
Deutscher Taschenbuch Verlag GmbH & Co. KG,
München
© 1977 Residenz Verlag, Salzburg und Wien
Umschlagtypographie: Celestino Piatti
Umschlagbild: Thomas Bode
Satz: KCS GmbH, Buchholz/Hamburg
Druck und Bindung: C. H. Beck'sche Buchdruckerei,
Nördlingen
Printed in Germany · ISBN 3-423-11852-0

Franz Innerhofer:
Die großen Wörter
Roman

Deutscher
Taschenbuch
Verlag

»Zwei Ungeheuer, die lange unter einem Dach gelebt haben, die sich kennen, aber nichts voneinander wissen, gehen zusammen in den Wald und fressen sich auf.«

Gewiß gehörte viel Eigensinn und Verrücktheit dazu, sich nach einem neunstündigen Arbeitstag vier Stunden lang in einen Unterrichtssaal zu setzen, um sich Abend für Abend mit Minderwertigkeitsgefühlen einzudecken. Aber verrückt schien es Holl auch, in der Früh den muffigen Umkleideraum zu betreten und so zu tun, als wäre das die korrekteste Haltung in der Welt. Als wäre nichts falsch daran. Was er nie geglaubt hatte, mußte er jetzt täglich mitansehen, daß nämlich alle ihre kleinen Ziele hatten, daß es den Arbeitern, die einmal Fuß gefaßt hatten, gleichgültig war, was die Firma mit einem anderen anstellte. Nach und nach bekam er heraus, daß Willi mit Hilfe des Betriebsrats bewirkt hatte, daß dem Dreher, den Holl bei seinem Wiedereintritt in Feinschmieds Firma sofort vermißte, eines Tages gekündigt worden war. Das Unverständliche dabei war, daß Willi als Dreher um keinen Schilling mehr verdiente, noch seine Arbeit dadurch leichter wurde, im Gegenteil, jetzt war er ganz in der Nähe des Halleneingangs postiert und somit einer ständigen Beobachtung ausgesetzt, während er früher am hintersten Ende der großen Halle seinem kindischen Gemüt freien Lauf lassen konnte. Bis auf wenige Ausnahmen hatten alle irgendwelche heimlichen Pläne im Kopf. Natürlich traf das nur für die Stammbelegschaft zu, denn die Neuhinzugekommenen waren, noch bevor sie wußten, was mit ihnen geschah, schon wieder draußen. Erst jetzt begriff Holl, daß das leere und sinnlose Gerede im Aufenthaltsraum, das er für ganz dumme Unterhaltungen gehalten hatte, nur gespielt und in Wirklichkeit voller Spannungen und Verdächtigungen war. Meilinger, der Betriebsrat, schlug ihm seit seinem Wiedereintritt oft auf die Schulter und bestürmte ihn mit belanglosen Fragen, die Holl höchstens mit einem Lächeln erwiderte. Wahrscheinlich war diese Zurückhaltung auch einer der

Gründe, warum Holl nach so kurzer Zeit zur Stammbelegschaft gezählt wurde. Ein anderer war sicher der, daß er nie ratlos vor einer schwierigen Reparatur stand. Aber er setzte seine Fähigkeiten nicht mehr blindlings für etwas ein, womit er nicht einverstanden war. Er arbeitete bewußter und langsamer als früher. Außer daß der Betrieb ihm bekannte Arbeiter entlassen hatte, stellte Holl fest, daß er um ein Gebäude größer geworden war und Feinschmied, nachdem er einen halben Sommer durch Südamerika gereist war, auf einem Grundstück mit Bauverbot einen kostspieligen Villenbau in Angriff genommen hatte.

Ziller, der bei einer Autofirma als Hilfsarbeiter beschäftigt war, verdiente gerade so viel, daß er damit seinen Lebensunterhalt finanzieren und sich die für das Abendstudium notwendigen Bücher und Hefte kaufen konnte. Eigentlich war es Lorz, ein technischer Zeichner, der mit ihnen die Abendschule besuchte und ihnen geraten hatte, daß es gut wäre, wenn sie zusammen in der Stadt ein Quartier bezögen. Lorz, der sich bei jeder Gelegenheit für den Direktor und dessen Festrede einsetzte, hatte herausgefunden, daß Ziller und Holl wegen mangelhafter Vorbildung abgewiesen werden sollten. An Unwissenheit und Herkunftsmerkmalen glichen sich beide tatsächlich so sehr, daß nur der Widerstand, den ihnen die Schule setzte, es verhinderte, daß sie nicht sofort wieder auseinandergingen. Fiel der Widerstand für kürzere Zeit weg, schafften sie sofort einen künstlichen Abstand, indem sie gegenteilige Meinungen vertraten und sich mit Beweisen tyrannisierten, bis sie so verfeindet waren, daß sie sich, ihre Standpunkte zwar beibehaltend, wieder anfreunden konnten. Der Unterrichtsstoff, der Abend für Abend von den Professoren vorgetragen wurde, ohne daß sich diese um die Anwesenden kümmerten, wuchs bald zu einer Bedrohung an, so daß sie kaum eine Nacht vor eins in die Betten kamen, aus denen sie sich nach fünf Stunden wieder zu erheben hatten, um erschöpft und noch ganz stumpfsinnig im Kopf zu ihren Arbeitsstätten zu gehen. Dann bogen sie den Tag herunter und machten sich auf dem Heimweg vor, sie wären wieder bei Kräften. Aber sie durften sich, während sie sich wuschen und umkleideten, nirgends lange hinsetzen, um nicht sofort von Müdigkeit heimgesucht zu werden.

Die Zeit zwischen Arbeitstagsende und Schulanfang betrug eineinhalb Stunden. Sie würgten noch schnell das Essen hinunter, schauten ununterbrochen auf die Uhr und rannten, ohne irgendwelche Wahrnehmungen zu machen, durch die Stadt und dachten nur noch daran, was sie alles noch nicht wußten. Hatte der Unterricht einmal angefangen, dauerte es kaum zehn Minuten, dann begann der aussichtslose Kampf gegen den Schlaf, wodurch sie erst recht in Verzug gerieten.

Zwischen Weihnachten und Neujahr waren sie von der Kaserne in das katholische Männerhaus gezogen. In der Stadt und außerhalb hatten sie insgesamt vierzehn Zweibettzimmer besichtigt, aber nichts Geeignetes gefunden.

Vor allem wollte Holl, der vor dem Militärdienst schon im katholischen Männerhaus gewohnt hatte, nicht in dieses Haus zurück, obwohl es für seine und Zillers Zwecke günstig gelegen war, nahe der Innenstadt und somit auch nahe der Schule, die sie am Abend besuchten. Schon beim Hineingehen in die Ahornallee, die auf einen niedrigen Berg zuführt, wurde er wieder an jenen Abend erinnert, als ihn der Montiergrubenarbeiter Ernst August von der Firma zum katholischen Männerhaus in das Sekretariat gebracht hatte und dort plötzlich mit einem verstörten, alten Mann, der von keiner Anmeldung durch das Firmenbüro und auch sonst von nichts wußte, allein ließ. Ja, es kam ihm wieder diese elende Zeit in den Sinn, als er sich und seine Hoffnungen innerhalb weniger Tage auf den Kopf gestellt sah. Seine überstürzte Flucht in die Stadt und die plötzliche Panik, weil die Welt, die er suchte, nicht existierte.

Aber als sie erschöpft von der Quartiersuche in das katholische Männerhaus eintraten und sich beim Sekretär anmelden wollten, mußte Holl bald feststellen, daß eine Säuberung vorgenommen worden war, die zum Teil noch andauerte, weil Arbeiter, die fünf Jahre und länger in dem ursprünglich für unverheiratete Handwerksgesellen gegründeten Haus gewohnt hatten, sich weigerten, ihre Zimmer zu räumen.

Das Haus war nun mehr als zur Hälfte von Studenten und Lehrlingen bewohnt. Und neben Studenten wurde ihnen auch ein Zimmer, das sie mit einem Gymnasiasten teilen mußten, zugewiesen. Von Kottners schwärmerischem Geschichtsunterricht und anderem pädagogischen Unsinn überrumpelt, kamen Holl und Ziller sich Studenten gegenüber klein und winzig vor. Sie hatten noch nicht einmal ein Semester Arbeitermittelschule hinter sich gebracht, und hier waren sie auf einmal von Leuten umgeben, von denen einige schon knapp vorm Abschluß ihrer Universitätsstudien standen.

Als sie zum erstenmal Heinrich Klock begegneten und von ihm erfuhren, daß er schon zehn Semester Philosophie studiert habe, bog es die beiden förmlich vor Ehrfurcht. Ihre Existenz kam ihnen so lächerlich vor, daß sie auf die Fragen von Heinrich Klock nur ganz flüchtig antworteten, weil sie glaubten, sie würden ihn mit ihren bescheidenen Auskünften, die nur Alltägliches zum Inhalt hatten, belästigen und von wichtigen Gedanken abhalten. Klock war Erzieher und bewohnte in ihrer Nähe allein ein Zimmer. Obwohl er außer Geschäftsführer und Hauspfarrer alle Bewohner, mit denen er sprach, sofort mit du anredete, hatte man, selbst wenn er sich ganz ungezwungen mit einem zu unterhalten schien, das Gefühl, er rücke von einem weg. Das Deutsch, das er sprach, ließ keinerlei Färbung erkennen und wirkte trotz der umgangssprachlichen und dialektgefärbten Umgebung in keiner Weise befremdend, im Gegenteil, es paßte zu seinen Gesichtszügen, die eine gewisse Milde ausstrahlten und höchstens von einem sorglosen Ernst zu einem Lächeln wechselten. Wenn er mit jemandem redete, bewegten sich nur Lippen und Augen. Jeder Satz, den er aussprach, kam so ruhig und leicht und hatte so gar nichts mit dem angestrengten Menschenlärm zu tun, dem Holl bisher vergeblich zu entrinnen versucht hatte. Mit allen redete er gleich höflich und gleich bestimmt, und er schien auch in seinem Umgang mit Leuten keinen Unterschied zu machen. Holl wunderte sich oft, durch welche Gemeinschaften ein Mensch wohl gegangen sein mußte, um sich zu einem Heinrich Klock zu entwickeln, aber sobald er ihm gegenüberstand, war er von der Person Klocks so fasziniert, daß er nicht mehr daran dachte, ihm irgendwelche Fragen zu stellen. Es überraschte ihn auch, daß Heinrich Klock entgegen seinen Befürchtungen nicht in Fremdwörtern mit ihm redete. Die Tür zu seinem Zimmer, in das Holl nur einmal einen flüchtigen Blick hatte werfen können, ließ Klock nicht wie andere offen. Trat er heraus auf den Gang, so geschah das nie ohne Anlaß. Während seiner dienstfreien Zeit blieb er meistens überhaupt im verborgenen und entzog sich somit, ohne daß man ihm dabei eine Absicht unterstellt hätte, der Beobachtung.

Ja, da kamen sie sich recht winzig vor.

Direktor Kottner, der laut Festrede das Volk bilden, den Arbeiter zur Matura führen wollte, hatte sie in seinem Geschichtsunterricht mit Helden der Antike und Zitaten aus der griechischen Philosophie überhäuft und ihnen eine Menge Ehrfurcht eingeflößt.

Und da waren auch Walbaum und Lemmer, die erst in das katholische Männerhaus einzogen, als Ziller und Holl sich bereits mit ihren wenigen Habseligkeiten in dem kleinen länglichen Zimmer, von dessen Balkon aus sie einen Teil der Stadt überblicken konnten, eingerichtet hatten. Albin Lemmer kam behütet und umsorgt an. Mutter und Schwester schleppten ein Dutzend Paar geputzte Schuhe, Stöße von Bettgarnituren, große Koffer mit Anzügen und Wäsche durch das Stiegenhaus hinauf in den vierten Stock und räumten alles in den Schrank. Als sie nach einem Semester wiederkamen, hatte Albin noch nicht ein einziges Mal das Bett überzogen. Oft lag er noch, wenn Ziller und Holl von der Arbeit kamen, Arme und Beine von sich gestreckt auf dem Bett und kehrte, als sie schon gähnend an den Studiertischen saßen, lärmend und schwankend aus einem Bierkeller zurück und sorgte noch einmal für Gelächter, wenn er laut und in allen Einzelheiten über sexuelle Vorhaben oder Ereignisse sprach. Otto Walbaum, eine zutiefst katholische Existenz, beschämten die Sexualgespräche seines Zimmerkollegen so sehr, daß er später von Lemmer weg in ein anderes Zimmer zog, obwohl er, was Schlamperei betraf, mit keinem anderen harmonieren konnte. Walbaum war groß, verschlang Berge von Mahlzeiten, wußte immer Witze zu erzählen und kam oft niedergeschlagen von zu Hause, sprach einmal von der seit seinen frühen Kindesjahren geplanten Heirat mit einer Nachbarstochter, ein anderes Mal von der lang gehegten Absicht, in einen Orden einzutreten.

Aber das Wichtigste an diesen Leuten, deren Umgang Holl und Ziller suchten, war, daß sie die Reifeprüfung bestanden hatten und nun unbefangen über ihre Professoren redeten.

Studieren, arbeiten, in der Schule hocken und immer zu wenig schlafen. Kino, Sauna und hin und wieder ein Essen in einem Wirtshaus, das war alles, was Holl und Ziller sich an Ablenkung gestatteten. Ziller, der vor dem Militärdienst mit einer Holzfällerpartie einen ganzen Sommer in der Schweiz herumgezogen war, stammte von einem hochgelegenen Bergbauernhof. Seine und Holls Vorbildung, deretwegen ihnen bei der Anmeldung für die Kurse der Arbeitermittelschule gesagt worden war, daß sie mit Sicherheit auf der Strecke bleiben würden, bestand aus acht Klassen Volksschule. Ihr Enthusiasmus war aber so groß, daß sie sich deshalb nicht einschüchtern ließen. Mit Hilfe von Walbaum, der ihnen so manche schwierige Lateinstelle übersetzte und Mathematikaufgabe löste, brachten sie das erste Studienjahr so hinter sich, daß sie im Herbst nur in einem Fach zu einer Nachprüfung antreten mußten. Ziller in Mathematik und Holl in Geographie.

Die Lehrer, von niemandem angehalten, Methoden und Lehrinhalte zu überdenken, hatten in dieser Schule ein leichtes Spiel mit willigen Studenten, die entschlossen waren, sich vor der Gesellschaft zu bewähren. Hier brauchten sie nicht Angst zu haben wie in Tagesschulen, daß sich jemand über ihre Äußerlichkeiten und Schwächen hermachte, daß ihnen Fallen gestellt oder Streiche gespielt würden. Hier mußten sie niemanden in Schach halten und sich um Aufmerksamkeit bemühen. In das Abendgymnasium kamen auch keine einflußreichen Mütter und Väter, vor denen sie Benotungen zu verantworten hatten. Wer gehen mußte, wer bleiben durfte, das wurde hinter geschlossenen Konferenzzimmertüren besprochen und dann einfach bekanntgegeben. Abgesehen von der hohen Ausfallsquote, die die Lehrer nicht auf sich bezogen, sondern den Teilnehmern anlasteten, wenn diese von selber ausblieben, fertigten sie die Ausgeschlossenen nur damit ab, daß ihnen der Klassenvorstand ihre Noten vorlas und ihnen anschließend noch erklärte, sie hätten den Stoff nicht bewältigt.

Dieser Unterrichtsstoff, der für viele so fremd und so neu war, daß ihre Gehirne nichts mit ihm anfangen konnten, wurde einfach am vorderen Saalende abgeladen, hingeworfen, ohne daß es irgend jemandem in den Sinn gekommen wäre, daß allein schon das Unterrichtstempo den Unvorbereiteten zum Aufgeben zwang, geschweige, daß die Entwicklungsfähigkeit des Menschen überhaupt in Erwägung gezogen worden wäre.

Nur wenigen widerfuhr das Glück, in einem Haus zu wohnen wie Ziller und Holl, wo sie Studenten um sich hatten, die ihnen ein Mathematikbeispiel lösten oder eine schwierige Lateinstelle übersetzten. Lorz, der eine fast abgeschlossene Gymnasialbildung hatte, konnte natürlich auch nicht alle vom Ausschluß Bedrohten zu sich in die Wohnung kommen lassen, um ihnen die Angst vor Mathematik zu nehmen.

Wenn Hans Loch, Professor für Geographie und Geschichte, ins Klassenzimmer trat und sich vor der Klasse aufstellte, stramm und ernst, wartete er zunächst, bis sich alle erhoben hatten und im ganzen Raum kein Geräusch mehr zu hören war. Dann nickte er leicht mit dem Kopf und gab ein deutliches »Guten Abend« von sich, worauf sich die Studenten, wenn sie seinen Gruß erwidert hatten, setzen durften. Sein Geographieunterricht, der den vorgeschriebenen Lehrplan nur gelegentlich streifte, führte tief unter die Erde, zu brodelndem Gestein und inneren Kräften. Um diese Vorgänge zu demonstrieren, bediente er sich nicht nur der Tafel und der sonst üblichen Hilfsmittel, sondern auch der Überkleider etlicher Studenten. Wer in der ersten Reihe saß, mußte sich häufig bis aufs Hemd ausziehen und Loch auch noch helfen, anhand eines Kleiderbergs, unter den er selber verschwand, Vulkane und Gebirgsfaltungen darzustellen, während die anderen von den Bänken aus, sich auf Zungen und Lippen beißend, Lochs Kleidergewühle aufmerksam zu verfolgen hatten. Meistens endeten seine Darstellungen von Vulkanen und Faltungen damit, daß einer der unfreiwilligen Gehilfen, durch Lochs Kommandos verwirrt, an einem falschen Kleidungsstück zog, so daß plötzlich Lochs bloße Hand herausragte oder sein Kopf scheltend zum Vorschein kam. Handelte es sich um eine Verschiebung von Gesteinsschichten, ließ er einen Stapel von Atlanten einsammeln, an dem er, während ein Student ihm den Atlantenstapel halten mußte, so lange herumschob, bis die Atlanten verstreut auf dem Boden lagen. Loch, der in keiner Tagesschule mehr auftreten durfte, weil er, nachdem der Karzer nicht mehr üblich war, immer noch Schüler eingesperrt hatte, fühlte sich bemüßigt, den Erwachsenen zu sagen, wie sie zu sitzen hätten. Ebenso gestattete er sich, ihnen Strafhausaufgaben zu geben. Allein seinetwegen gaben etliche schon nach ein oder zwei Wochen auf. Bis auf wenige hatten sich alle freiwillig auf das Abenteuer der Arbeitermittelschule eingelassen. Wenn es eine Einigkeit unter ihnen gab, dann höchstens die, daß man sich gegenüber einem Lehrer nicht auflehnen soll. Schon nach kurzer Zeit hatte Loch durchgesetzt, daß man sich, sobald er einen dazu aufforderte, ihm zu Ehren vom Stuhl erhob und sich Gedanken machte, ob die Haltung auch stramm genug sei, ob die Hände sich nirgends festhielten und die Jacke auch zugeknöpft sei. Da es unter den Eifrigen, die er, um ihre Sympathie zu gewinnen, mit Schmähungen verschonte, immer welche gab, die auf seine Fragen Antworten wußten, hatte er sich viele bald so weit unterworfen, daß sie sich vor ihm fürchteten. So konnte er ungestört das Erdinnere durchwühlen und von Gebirgsfaltungen schwärmen. Jeder Gipfel, jeder Gletscher mußte gelernt werden. Von Tirol mußte man jeden Ort, jedes Tal und jeden Teich auswendig im Kopf haben, weil seine Frau aus Innsbruck stammte.

Heinrich Klock befand sich bereits auf dem Rückweg aus der Irre, in die zu begeben Holl sich anschickte. Klock ging nicht wie andere Gescheiterte auf den elterlichen Bauernhof zurück, den er verlassen hatte, sondern interessierte sich für seine Brüder, die ebenfalls nicht mit angenehmen Kindheitserinnerungen vom Hof gegangen waren. Sie waren schweigsame Männer, die Holl ab und zu, wenn sie die Lastzüge, die sie fuhren, zur Reparatur brachten, flüchtig zu Gesicht bekam. Er hatte sie, bevor Klock ihm von ihnen erzählte, oft gesehen, wäre aber nie auf die Idee gekommen, Heinrich Klock für ihren Bruder zu halten, noch weniger konnte er sich vorstellen, daß sie sich über Klock, der oft von ihnen sprach, Gedanken machten. Sie, seine Brüder, waren immer in erreichbarer Nähe geblieben. Sie hatten immer mit den Händen gearbeitet, immer das Naheliegendste in Angriff genommen, während er, weiß Gott wohin, in die Irre geraten war. Holl, der nie gedacht hätte, daß er sich mit Klock einmal anfreunden würde, hatte geglaubt, nur er könne in der Stadt nicht von seiner Herkunft reden, aber als Heinrich Klock so nach und nach, ohne aus Holl einen bloßen Zuhörer zu machen, zu reden anfing, kam diesem seine eigene Geschichte gar nicht mehr so sonderbar vor.

Es war eine Begegnung voller Überraschungen. Den ganzen Winter hatte er sich unter Heinrich Klock einen über alle Lächerlichkeiten erhabenen Menschen vorgestellt und gehofft, nach Jahren vielleicht einmal mit ihm reden zu können. Und nun, zu Beginn der Sommerferien, als Klock keine Schüler mehr zu beaufsichtigen hatte, entstand auf einmal ein ganz anderer Mensch, ein Mensch, der einem mit einer Geschichte nahekommt und sich gleichzeitig wieder entfernt, ohne daß man sagen kann, er betreibe ein bewußtes Spiel. Holl, den es seit der Unbeschwerlichkeit, mit der er das Land verlassen hatte, von einer mißlungenen Prüfung zur anderen in Verzweiflung und Stumpfsinn zurückgeworfen hatte, kam jede freie Minute, die er nicht bei seinem Studium im Zimmer verbrachte, nutzlos und vergeudet vor. Das führte so weit, daß er den Schlaf haßte und nach Mitteln sann, wie er ihn abschaffen könnte. Alles, was er in der Freizeit unternahm, mußte einen Zweck haben. Er ging ins Kino, wenn es sich laut Kritiken lohnte, sich den Film anzusehen. Er setzte sich nicht in ein Kaffeehaus, um in Ruhe etwas zu trinken, sondern raffte sofort alles, was er an Zeitungen fand, zusammen und las wahllos Berichte und die verschiedensten Meinungen in sich hinein, bis ihm vor lauter Informationen übel und schwindlig war, und hetzte auf kürzestem Weg vom Kaffeehaus zurück in das katholische Männerhaus. Um nicht Gefahr zu laufen, von einer Frau angelächelt zu werden, ließ er sich nur in den seltensten Fällen hinreißen, ein Tanzlokal zu betreten. Geschah es dann doch, daß ihn plötzlich eine Stimmung überwältigte oder daß er wegen einer eventuellen Bekanntschaft länger als beabsichtigt blieb, machte er sich auf dem Heimweg die schrecklichsten Vorwürfe, rechnete nach, wie viele Bücher er sich für das Geld, das er ausgegeben hatte, hätte kaufen können, was er in dieser Zeit alles hätte lesen können. Er sagte sich: Studium und Bildung jetzt! Leben später!

Als Klock ihn an einem Sonntagvormittag auf das herrliche Wetter aufmerksam machte und zu einem Spaziergang einlud, willigte er in seiner Aufregung sofort ein, denn er konnte sich einfach nicht vorstellen, daß Heinrich Klock ausgerechnet mit ihm spazierengehen wollte, wo doch Studenten im Haus waren. Aber aus Angst, eine wichtige Gelegenheit zu verpassen, behielt er seine Zweifel für sich und vereinbarte schnell einen Zeitpunkt. Als sie bald darauf das Haus verließen, hatte Holl schon bei der nächsten Straßenkreuzung auf den Spaziergang vergessen und nur noch das Ziel ihrer Wanderung vor Augen. Klock mußte ihn immer wieder darauf aufmerksam machen, daß sie genug Zeit hätten und daß es nicht nötig sei, so schnell zu gehen. Holl war überrascht, daß Klock nicht von Philosophie, nicht von Wissenschaft sprach, sondern an naheliegenden Dingen interessiert war. Zu allem, was sie sahen, was ihnen begegnete, konnte Klock etwas sagen, und jede Erläuterung, die er vorbrachte, schien leicht, obwohl er einen Sommer zuvor in der französischen Schweiz beinahe vor Einsamkeit umgekommen wäre, hätte er nicht irgendwann einmal eine Ansichtskarte bekommen. Er war zu Beginn der Sommerferien aus dem Jesuitenorden ausgetreten und hatte draußen entdeckt, wie fremd ihm inzwischen die Welt geworden war, und sie empfing ihn sicher übler als einen entlassenen Häftling, denn er hatte keinerlei Erfahrung. Statt in einem annehmbaren Zimmer landete er in einer feuchten Dachkammer, in der außer einer Pritsche nur ein Stuhl Platz hatte. Er arbeitete als Nachtwächter und gab tagsüber Nachhilfestunden. Er fing gleich heftig zu rauchen an. In den zwei oder drei Stunden, die ihm zum Schlafen blieben, döste er infolge der Nikotinvergiftung nur vor sich hin. Sein Frühstück bestand aus einer Tasse Kaffee und zwanzig der stärksten französischen Zigaretten, von denen er im Laufe des Tages und während des Nachtdienstes und in der Dachkammer noch weitere fünfzig bis sechzig rauchte. Zudem brauchte er pro Nacht ein Paket Zigarren, um während der Fahrt auf dem Moped, das ihm die Firma als Dienstfahrzeug zur Verfügung gestellt hatte, nicht einzuschlafen. Alle Beziehungen zu Menschen, die er kannte, waren durch den Austritt aus dem Orden abgeschnitten, und er hatte weder die Kraft noch die Möglichkeit, neue herzustellen. Oft, wenn er sich vom Dienst nach Hause in die Dachkammer hinaufschleppte, waren seine Kleider durchnäßt und sein Körper unterkühlt. Abgestumpft und gleichgültig, was mit ihm geschehen würde, ließ er sich in den nassen Kleidern auf die kalte und feuchte Pritsche fallen. Als Martina, die er knapp nach seinem Austritt aus dem Orden bei irgendeiner Feierlichkeit flüchtig kennengelernt hatte, ihm die Ansichtskarte schickte, erreichte diese ein von Rheumatismus geplagtes, wandelndes Skelett, das nun plötzlich aus Freude, daß sich jemand an ihn erinnerte, zusammenbrach, sich aber noch am selben Tag wieder aufrichtete. Er war jedoch so geschwächt, daß jeder beliebige Bazillus mühelos über ihn herfallen konnte. Sein Gebiß war, obwohl er nach dem Empfang der Ansichtskarte sofort zu rauchen aufgehört hatte, immer noch schwarz von dem Teer, den er in sich hineingesogen hatte.

Diese Geschichte übte eine ziemliche Wirkung auf Holl aus, obwohl Heinrich Klock sie nicht zusammenhängend erzählte, sondern sie so nach und nach erwähnte und dabei viele Betrachtungen über die französische Schweiz anstellte. Klock verfügte über einen scharfen

Verstand, mit dessen Hilfe er mühelos jede seiner Ansichten begründen konnte. Genaugenommen handelte es sich natürlich nicht um Freundschaft, sondern um ein Lehrer-Schüler-Verhältnis, was Klock aber nie betonte. Er sprach nicht von Wissen und Bildung, er gab nur Auskunft, wenn Holl ihn danach fragte. Klock verschaffte ihm Zugang zu klassischer Musik und brachte ihm bei, daß er mit sich Geduld haben müsse. Ja, mit solchen Ratschlägen konnte er etwas anfangen. Freilich kam es vor, daß Holl auch andere Dinge, die Klock nicht als Ratschläge meinte, sondern als seine Überzeugung ausgab, von ihm übernahm. Klock war zwar aus dem Jesuitenorden ausgetreten, glaubte aber nach wie vor an Gott. Klock kritisierte die katholische Kirche, verteidigte aber einen Teil ihrer Lehren. Sosehr sich Holl auch immer gegen katholische Umtriebe und gegen die Ungeheuerlichkeit, daß es nach dem Tod einen höchsten Richter geben sollte, zu wehren versucht hatte, so war er, ohne es zu wissen und zu wollen, doch von Geburt an ein katholischer Mensch gewesen, als katholischer Mensch in eine katholische Stadt gezogen und schwebte nun, da er seine früheren Widersacher, die Landpfarrer, die ihn bedrängt hatten, weit hinter sich und durch ihre eigenen Unzulänglichkeiten geschlagen und gescheitert wußte, erst recht in Gefahr, vom Katholischen überwältigt und gläubig, wenn nicht überhaupt praktizierend katholisch zu werden. Jetzt war auf einmal alles frei, jetzt wurde er von niemandem verfolgt, weder von katholisch gemachten Eltern noch von einem Pfarrer, ja, es ging sogar so weit, daß ihm das Haus, in dem er wohnte, selbst nach Säuberungen nicht katholisch genug war. Eine kleine katholische Bedrängung, meinte er, würde den Bewohnern guttun, anstatt froh zu sein, daß der Leiter Karl Wacher, der später selbst das Opfer einer Säuberung wurde, die vorgeschriebenen Aktivitäten nicht übertrieb. Walbaum, sein Stellvertreter, war zu dick und zu bequem, so daß seine geplanten Bibelrunden immer nur Bier- und Schnapstrinkprojekte blieben. Daß Holl mit dem Katholischen versöhnt und ihm zugetan wurde, mochte auch der an die neunzig Jahre alte Geistliche, der wöchentlich einmal in die Schule kam und eine Religionsstunde hielt, bewirkt haben. Sein Alter und seine brüchige Stimme machten allein schon einen mildernden Eindruck. Er schaute Holl oft an, so daß dieser sich einbildete, der alte Herr spreche vorwiegend zu ihm. Und jetzt war auch nicht mehr von einem rächenden, heimsuchenden, fürchterlichen Gott die Rede, wie man ihn durch alle die Jahrhunderte in die Köpfe der Landbevölkerung gepredigt hatte, um sich diese besser unterwerfen und ausbeuten zu können, sondern von einem städtischen Gott, der gütig und versöhnlich über den erzbischöflichen und klösterlichen Besitzungen schwebt. Der Landgott war finster und mußte gegen seinen Willen über dumpfen Gemütern brüten. Der Stadtgott mußte leuchten und Zuspruch vermitteln, um die Opfer seiner zahlreichen, wohlgenährten Verwalter bei Laune zu halten. Während sich die Landbevölkerung zu einem Teil immer noch gegenseitig in die Kirche hineinekelte, war in der Stadt schon lange alles offen, so daß sich ein Landflüchtiger leicht in ihr verlieren konnte. Holl hing an Klock, und Klock, der zwar viele Lebensbereiche logisch durchleuchten und rasch Zusammenhänge herstellen konnte, hing mit unendlicher Geduld an den Schriften von Aristoteles, ohne zu merken, daß ihn die Stadt und ihre Universität schnell zu einem ihrer sentimentalen Bewohner machten.

Aber nicht nur die studentische Umgebung, die Schule, das Katholische arbeiteten an Holl, sondern auch Leute wie der Scheinwerferzertrümmerer. Der Scheinwerferzertrümmerer setzte sich über sein anerzogenes Gerechtigkeitsempfinden hinweg. Auf dem Land hätte Holl nie zu denken gewagt, wovon er nun oft, ohne es zu wollen, Zeuge war. Am Scheinwerferzertrümmerer konnte er einen Menschen beobachten, der sich seiner Sache sicher war. Der machte sich nicht die Mühe, die Lastzüge zu seinen Garagen fahren zu lassen, um dort, wenn auch nicht ganz, so doch etwas heimlicher das, was er von der Versicherung ersetzt haben wollte, zu zerschlagen, sondern kam in eine der Feinschmied-Hallen und machte Feinschmied-Arbeiter zu Zuschauern, er beeilte sich zwar und blickte mürrisch unter seinen buschigen Augenbrauen hervor, mußte aber doch das Gefühl haben, daß ihm seine Versicherungsbetrügereien nicht übelgenommen würden. Wer länger zur Firma gehörte, wurde einfach stillschweigend ins Vertrauen und in den Betrug einbezogen, und irgendwann machte man mit. Insofern war das Schild im Aufenthaltsraum mit dem Wort Mitarbeiter, wie die Firma die Arbeiter modern ansprach, nicht ganz so komisch, wie Holl es bei seiner Ankunft empfunden hatte. Und es hieß auch richtig: freie Marktwirtschaft.

In einem der Hinterhöfe befand sich ein Lager in der Größe von mindestens fünfzehn Gefängniszellen mit alten Autofedern, die übers Feuer gehalten, gestreckt, gestrichen und als neue wieder verkauft wurden, was außer dem zusätzlichen Profit den Vorteil hatte, daß der Kunde nach nicht allzu langer Zeit wiederkam. Die Rechnungen für diesen Betrug schrieb nicht Feinschmied, der Nutznießer, sondern der Betriebsleiter oder eine der Sekretärinnen. Geleitet wurde diese Art von Reparaturen vom Betriebsrat, der Sozialdemokrat, Katholik, Gewerkschafter und Arbeiterverräter in einer Person war. Im Großen unterschied die Firma zwischen Stamm- und Durchzugskundschaften, wobei eine deutsche oder eine Schweizer Durchzugskundschaft gelinder davonkam als eine französische, eine englische oder eine skandinavische. Sprache und Entfernung schienen dabei eine nicht unwesentliche Rolle zu spielen.

Manchmal kam es auch zu heftigen Szenen und Wutausbrüchen, die dann als Geschichten unter der Belegschaft kursierten. Eine davon galt dem mit frischem

Gemüse und Obst beladenen Fernlastzug aus Jugoslawien. Der Fahrer hatte es eilig, mit der verderblichen Ladung nach Deutschland zu kommen, konnte aber wegen eines Federbruchs nicht weiterfahren. Er setzte den Leuten im Büro seine Lage auseinander und bat, man möge doch so gut sein und ihm helfen, aber sein Bitten half nichts. Er mußte warten. Nachmittags stand er dann am Magazinschalter und erreichte mit Hilfe von etlichen Runden Bier, daß ihm der Betriebsrat und zwei seiner Gehilfen versprachen, am Abend länger dazubleiben. Die Reparatur wurde auch gemacht. Ihr Wert wurde von den Arbeitern auf höchstens 1000 Schilling geschätzt. Der Mann tobte, weil das Siebenfache auf der Rechnung stand, aber seine Empörung half nichts, es war spät, das Obst und Gemüse verlor mit jeder Stunde an Wert, so daß der Mann zwar alle erdenklichen Flüche und Verwünschungen ausstieß, schließlich aber zahlen mußte.

Und da waren die Gänge am Abend von der Firma zum großen, grauen Haus und die Gänge vom großen, grauen Haus, in dessen Erdgeschoß der Hausmeister das Frühstück ausgab, durch Straßen, auf denen ihm bald immer wieder dieselben stummen Gesichter begegneten, denen er anfangs manchmal zunickte, in der Hoffnung, diese Gänge würden mit der Zeit freundlicher werden. Und da war der Zusammenprall von der geglaubten und der wirklichen Welt, der Irrtum, in den ein Milieuwechsler immer wieder hineingeht, weil sich die neue Welt, sobald sie ihn hat, nicht mehr darum kümmert, wie er nun mit ihr fertig wird. Entweder sie verleibt sich ihn ein oder sie fährt mit ihm ab.

Überall grellten und blitzten Lichtbogen, so daß man möglichst nicht von der Arbeit aufschaute, wollte man am Abend nicht mit rotunterlaufenen Augen nach Hause kommen. Leimberger, der durch die Sprechanlage ins Büro gerufen wurde, wo ihn Feinschmied tobend mit den

Worten empfing, das Prestige der Firma sei weg, kam verstört in die große Halle zurück. »Pregisteire? Pregisteire?« Arbeiter einer anderen Firma hatten in der Früh einen Unimog-Rahmen abgeholt und erst in ihrer Firma bemerkt, daß der Rahmen viel zu lang war und mit der Form eines Unimog-Rahmens nichts gemeinsam hatte. Feinschmied-Arbeiter, die den durch einen Unfall verbogenen Unimog-Rahmen genau auf Maß hätten ausrichten sollen, hatten ihm in ihrem Eifer mit den Vorschlaghämmern auch die von der Fabrikation vorgesehenen Krümmungen genommen, ihn einfach flach geschlagen. Sofort sammelten sich Arbeiter um Leimberger und fragten neugierig und besorgt, was denn passiert sei.

»Pregisteire! Pregisteire!« schrie Leimberger. Einige Meter über seinem Kopf hing ein Lkw-Motor an einer Kette, um deren Zerreißfestigkeit sich niemand kümmerte. Leimberger, der für die mißlungene Reparatur nicht verantwortlich war, rannte um den Rahmen herum und merkte lange nicht, daß sich die Umstehenden über seine Betroffenheit lustig machten. Er fragte Holl und fragte andere, was denn der Chef meine. »Pregisteire!« riefen sie der Reihe nach, als könnte sich durch das Nachsprechen ein Sinn ergeben. Das Wort Prestige, das Feinschmied seit neuestem im Munde führte, beschäftigte Leimberger noch lange.

Richard Feinschmied ging mit ernstem Gesicht von Arbeiter zu Arbeiter durch die Hallen, die mit Lastzügen vollgestellt waren. Jeder Arbeiter ein deutliches »Morgen«. Feinschmied schien keine Ahnung zu haben, daß auf einem seiner Vormittagsgänge durch den Betrieb leicht neben ihm eine Sauerstoffflasche hätte explodieren können. Immer unter dem Eindruck, beobachtet und plötzlich entlassen zu werden, rissen sich ungelernte Arbeiter mit fettigen Fingern Gas- und Sauerstoffflaschen aus den Händen, was ständig nicht nur ihr eigenes, sondern auch das Leben ihrer Kollegen gefährdete. Sie handelten in Unwissenheit, Feinschmied aber, von dem die Berufsschulen behaupteten, daß er einen Musterbetrieb führe, den Kleinunternehmer um seinen Aufstieg und sein Ansehen beneideten, hätte wissen müssen, daß Sauerstoff bei der Berührung mit Fett explodiert.

Die Arbeiter, denen seine Gänge unter die Arbeiter vertraut waren, schlossen oft Wetten ab. Ein bereits Gegrüßter stellte sich so oft zu einem Lastwagen, in eine der Montiergruben, wechselte so oft seinen Platz, bis sich Richard Feinschmied dabei ertappte, ihn schon mehrmals begrüßt zu haben. Sah dieser Arbeiter unauffällig aus und erwischte er einen guten Tag, brachte er es auf sieben bis acht »Morgen«.

Holl, der nicht gekommen war, um sich den Tod zu holen, ging zu Leimberger und fragte, ob es außer Meilinger noch einen Betriebsrat gebe. Leimberger war der Vorarbeiter, dem Holl am ersten Arbeitstag zugeteilt worden war.

»Ja, es gibt einen zweiten Betriebsrat«, schrie Leimberger. Er, Leimberger, sei der zweite Betriebsrat. Es müßten eigentlich drei sein, es gebe aber nur zwei. In Wirklichkeit gebe es nur einen. Es falle ihm nicht im Schlaf ein, schimpfte Leimberger, der Belegschaft noch einmal den Betriebsrat abzugeben. Er sei bei der letzten Betriebsversammlung als einziger Unzufriedener von Feinschmied vor der Belegschaft lächerlich gemacht worden. Zuerst vor der Belegschaft und dann auch noch im Büro. Was Holl zum Thema Betriebsversammlung zu hören bekam, nicht nur von Leimberger, sondern auch von Friedrich Baumer, der einmal spöttisch zu Holl gesagt hatte, die Firma habe wieder um einen Tüchtigen mehr, war, daß Meilinger Leimberger von vornherein überlistet hatte. Meilinger habe Leimberger Lohnforderungen vortragen lassen, worauf Feinschmied lange von einem völlig verschuldeten Unternehmen gesprochen habe. Schließlich, nachdem Feinschmied alle eingeschüchtert hatte, habe sich Meilinger erhoben und zur Vernunft geraten.

Danach hatte es nie mehr eine Betriebsversammlung gegeben. Das Ganze lag zwei Jahre zurück. Holl wollte es einfach nicht glauben, aber er konnte herumfragen und reden, soviel er wollte, es war so.

Die Arbeiter hatten sich schon derart an tödliche Schlampereien gewöhnt, daß sie hundertmal am Tag an einer hochtourigen Metallkreissäge vorbeigingen und sich nichts dabei dachten. Die fremdsprachigen Hilfsarbeiter, die so oft ausgewechselt wurden, daß sich niemand die Mühe machte, sie zu unterscheiden, wußten nicht, wie viele Schädel schon von zersprungenen Kreissägeblättern gespalten worden waren. Sie arbeiteten an der Maschine und grinsten durch den glühenden Funkenregen, den es bis an die Magazinwand warf, eine Wand aus dünnem Blech und einem Fenster. Dahinter stand der alte Lexer, dem der Lagerleiter anschuf, gesprungene Kreissägeblätter auszugeben. Aber selbst wenn den Verantwortlichen das Leben eines fremdsprachigen Arbeiters nur ein gesprungenes Kreissägeblatt wert war, so bedeutete das noch lange nicht, daß nur der gefährdet war, daß es nur ihn erwischen würde.

Die Büroabteilungen dürften so ziemlich das einzige gewesen sein, wo Feinschmied sicher herrschte, obwohl auch da sein Verhalten ein einstudiertes war, das aus Kursen und Manager-Literatur stammte. Friedrich Baumer, der Richard Feinschmied, als der noch Lehrling war, oft vor seinem jähzornigen Vater in Schutz genommen hatte, sagte einmal, alles, was Feinschmied von früher her behalten habe, sei sein übler Mundgeruch. Alles andere an ihm sei fremd geworden. Das war auch nicht verwunderlich, denn die Abteilungen, die Feinschmied ernst, im Gesicht braungebrannt und stets nach der neuesten Mode gekleidet, mit oder ohne Sonnenbrille durchschritt, hatte nicht er entworfen, sondern als fertige Vorstellung aus den USA importiert und genau nach Maß nachbauen lassen, was Psychologen, Wirtschaftsfachleute und Architekten zu einem anschaulichen Modell ausgearbeitet hatten. Sicher war es nicht seine Erfindung, hinter einem blanken Tisch zu hocken, von dem aus man unbeobachtet durch den Store die einzige Einfahrt und den großen betonierten Hof zwischen Einfahrt und Werkshallenvorderfront bis ganz zurück zu den hintersten Magazingebäuden überblicken konnte.

Die ganze Hofseite des langen Bürogebäudes ist aus Glas. Vom Büro aus kann man wahrnehmen, was auf dem Hof passiert, aber vom Hof aus ins Büro zu schauen, hat wenig Sinn. Man sieht nur verschwommene Umrisse und kann nichts unterscheiden. Aus diesem Grunde wollte niemand auf dem Hof arbeiten. Da stand man so offen und hilflos dieser verfluchten Glaswand gegenüber, und aus den Werkshallenfenstern grinsten immer irgendwelche schadenfrohen Gesichter, zeigten zum Büro hinüber und riefen einem durch den offenen Halleneingang zu, ob man unter die Frischluftfanatiker gegangen sei. Punkt sieben sperrte der überstundenfreudige Hausmeister den Arbeitereingang zu. Dann mußte man um das Büro herum, durch die Hofeinfahrt über den Hof und am verglasten Mauerausschnitt vorbei und dann in Arbeitskleidung ins Büro und Gründe für das Zuspätkommen vorbringen. Stechuhrengeübte Arbeiter sagten, daß dieses Verfahren weit übler sei als die Zeitkontrolle durch die Uhr. Die fehlende Zeit wurde hier wie dort abgezogen. Nur, bei der Uhr haust du einfach deine Karte hinein oder machst diesem blöden Ticken überhaupt den Garaus, aber bei Feinschmied stimmst du schön kleinlaut irgendwelche Entschuldigungsgesänge an. Aber das waren, wie gesagt, nicht Feinschmieds Erfindungen.

Feinschmied war nicht einmal in der Lage, sein Büro nach seinem Geschmack zu gestalten. Nicht ein persönlicher Gegenstand, für den man sich hätte interessieren können. Alles Architektengeschmack, Produkte, von irgendwelchen Köpfen entworfen, von irgendwelchen

Händen und Maschinen gemacht. Nicht einmal von seinen teuren Reisen brachte er etwas mit. Ein fremder Glaskasten, in dem er es selber nicht aushielt. Kein Wunder, daß man vor ihm ins Schwitzen kam. Niemand aus der Werkshalle wollte auf diesem verfluchten Plastikstuhl hocken. Holl hatte anfangs diese ungeheure Fremde, in die er mit Befürchtungen und Zweifeln hineingegangen war, nicht verstanden und, weil die Arbeiter nicht aussprachen, was sie als schrecklich empfanden, geglaubt, nur ihm allein sei so sonderbar zumute. Es bröckelte ihm ein Stein vom Herzen, als er so nach und nach beobachten konnte, wie unangenehm selbst diesen Arbeitern, die Feinschmied von Kind auf kannten, diese Bürogänge waren, wie sie sich benachrichtigten, daß sein Wagen da sei, wie sie immer wieder zu den verstaubten Fenstern und Toren gingen und zu Feinschmieds Büro hinüberschauten, überlegten und unschlüssig im Lärm standen, als müßten sie sich erst überwinden, eine widerwillige Ohrenbeichte über sich ergehen zu lassen. Oft fuhr ihnen dann, bevor sie sich zu einem Entschluß durchgerungen hatten, Feinschmied davon, und der Konflikt wurde unerledigt fallengelassen. Kam einer aus dem Büro in den Werkshallenlärm und Abgasgestank zurück, scharten sich gleich Neugierige um ihn und wollten wissen, wie es gewesen sei. Sie suchten nach einem Ausdruck, nach einem Satz, um ihren Büro-Erlebnissen einen Namen zu geben, um darüber reden zu können. Aber der gesuchte Satz wurde von keinem ausgesprochen. Sie zuckten mit den Schultern, schüttelten mit heraushängender Zunge den Kopf, lachten oder fingen sofort heftig zu arbeiten an.

Leimberger warf jedesmal hilflos die Arme in die Luft und schritt den Neugierigen davon oder fluchte auf irgendein Fremdwort, weil er nun erst recht nicht wußte, wozu ihn Feinschmied durch die Sprechanlage ausrufen und zu sich ins Büro hatte kommen lassen. Leimberger war schüchtern und sprach fast nur über Aufträge und

Arbeitsgänge, was Willi und Fritz Klampfner dann oft veranlaßte, mit ihm zu spielen, ihm das Werkzeug davonzutragen, einen von den so sehr begehrten Schweißschirmen an eine Schnur zu binden und hinter sich herzuziehen und ihm zu erklären, daß dieser Schweißschirm in Wirklichkeit ein Pferd sei und gerade über eine mexikanische Steppe galoppiere. Sie machten kindliche Gesichter dazu und redeten mit ihm wie mit einem Buben, um dem arbeitseifrigen Vorarbeiter wenigstens ein entsetztes Kopfschütteln zu entlocken. Leimberger ging ungern und bald nur mehr mit den schlimmsten Befürchtungen ins Büro. Er stöhnte auf, wenn dem Sprechanlagengeräusch aus dem Lautsprecher plötzlich etwas folgte, das sich wie sein Name anhörte, schüttelte den Kopf und arbeitete weiter, gab das Werkzeug erst aus der Hand, wenn sich die Durchsage wiederholte und kein Zweifel mehr bestand, daß er gemeint war. Oft mußte sich die Durchsagerin sogar in die unfalldrohende Halle herausbegeben und sich bis zu Leimberger durchfragen, kam oft schon ganz verärgert bei ihm an und mußte ihre ganze Energie aufwenden, um ihn nicht anzubrüllen, während in den Montiergruben dreckverschmierte Männer standen, sich ruhig verhielten und hofften, ihr auf dem Rückweg noch einmal unter die Röcke schauen, noch einmal etwas von ihren Oberschenkeln, von ihrem Höschen sehen zu können, und dann schnell hinter ihr her auf die Toilette verschwanden. Sie konnten sich dann wenigstens ausmalen, irgendwann ihr Glied in sie hineinzustoßen, sie auf der Landstraße bei einer Panne zu ertappen oder, wenn nicht anders möglich, ihr nach einem Erdbeben als einziger übriggebliebener Bekannter zu begegnen. Nur Leimberger hatte keine solchen Wünsche. Die Sekretärinnen hätten sich ausziehen können, und er wäre achtlos an ihnen vorbei auf das Chefbüro zugegangen. Leimberger trug einen unbezwingbaren Eifer für die Firma in sich und war irritiert, daß er sich mit Feinschmied nicht mehr verständigen konnte. Er war zu eingeschüchtert und schaffte es einfach nicht, Feinschmied zu gestehen, daß er dessen neue Sprache nicht verstehe. So ging Leimberger oft, im Kopf Fremdwörter plappernd, wie wild über den Hof, und seine Kollegen, die ahnten, was in ihm vorging, machten unschuldige Gesichter und riefen ihm zu, was er denn habe, ob sie ihm irgendwie behilflich sein könnten, was ihn schließlich nur noch verrückter machte und erst recht in eine grenzenlose Arbeitswut trieb. Er geriet dadurch in eine schreckliche Isolation, konnte drinnen nicht reden und draußen nicht sagen, was drinnen in den Büroabteilungen mit ihm passiert war.

Zudem wurde Leimberger stillschweigend in die Führung gedrängt. Den offiziellen Werkmeister gab es ja noch, er trug nach wie vor den hellblauen Mantel und war nach wie vor auf diesem mit einem Schildchen gekennzeichnet. Sein Gang, sein Lachen, seine Stimme wirkten viel sicherer als das Auftreten Leimbergers. Er war nun weniger oft da. Entweder war er draußen beim See, wo ein Wochenendhaus entstand, oder beim Villenbau, zu dem er mit einer Partie abkommandiert worden war. Sicher konnte ihm nicht entgangen sein, daß Leimberger in seiner Abwesenheit das Werkmeisteramt übernommen hatte. Er schien sich aber nichts anmerken zu lassen. Alles, was Holl an ihm auffiel, war, daß er die Werkmeisterkabine neben dem Dreherstand nicht mehr betrat, daß er stillschweigend aus ihr ausgezogen war und daß Leimberger sich nicht in sie hineinsetzte. Die Kabine blieb einfach leer und gab Anlaß zu Vermutungen, wer letzten Endes wirklich in sie einziehen würde. Viele meinten, daß Fellner irgendwann den kurzen blauen Mantel an Leimberger abgeben müsse. Der erfahrene Baumer, der sich nach dem Einzug in die neue Firma radikal in eine Beobachterposition zurückgezogen hatte, meinte, er habe eher den Verdacht, daß die Werkmeisterkabine als Belegschaftsköder noch lange leerstehen werde. Um Genaueres sagen zu können, müßte er Feinschmieds Ratgeber kennen. Das seien Leute aus dem

Ausland, die weder er noch einer der Verräter zu Gesicht bekomme. Er könne aber nicht einmal mit Sicherheit sagen, was und über wen die Verräter etwas im Büro erzählten. Nach dem Umzug habe sich alles verändert. Baumer warnte Holl oft, stieß diesen aber wieder vor den Kopf, als er ihm einmal sagte, es würde ihn nicht wundern, wenn er eines Tages in die Werkmeisterkabine einziehen würde. Holl war zuerst recht betroffen und verletzt darüber, daß ausgerechnet der schweigsame Baumer in ihm einen Arbeiter sah, der sich zu einem von Feinschmieds Handlangern entwickeln könnte, aber je mehr er darüber nachdachte, um so öfter sagte er sich, daß der Werkmeisterberuf ja nicht von vornherein mit irgendwelchen Machenschaften zusammenhängen müsse. Wer sagt denn, daß ich mich dafür hergeben muß? Deshalb brauche ich noch lange nicht mit den Verrätern zusammenzuarbeiten. Es dauerte dann nicht lange, daß er alles Zweifelhafte beiseite geräumt hatte und sich sagte: kann schon sein, daß du eines Tages in die Kabine ziehst. Und er ertappte sich dabei, daß er manchmal auf den einen oder anderen Verräter ein milderes Auge warf und sich, wenn er Baumer weit genug abseits wußte, auf ein harmloses Gespräch einließ, weil ihm auf einmal vorkam, die könnten ja doch nichts dafür. Den Lagerleiter schnitt er nach wie vor und ließ keine Gelegenheit ungenützt, dessen jämmerliches Fachkurswissen durcheinanderzubringen. Die läppischen Rückzugstaktiken des Lagerleiters würde er nie billigen. Die anderen saßen wenigstens noch während der Pausen zusammen im Aufenthaltsraum und gaben wenigstens dem Aussehen nach ein geschlossenes Belegschaftsbild ab, hatten verschmierte Arbeitsanzüge an und verschmierte Schildkappen auf und aßen mit verschmierten Händen, aber der Lagerleiter hockte allein und schön säuberlich an seinem Schreibtisch im Magazin, starrte gierig durch die Glasscheiben zu den Sekretärinnen hinüber, die aber von seiner bedrohlichen Existenz nichts wissen wollten, und einige

Meter von ihm saß auf einem Hocker der stets vor Wut bebende Lexer, der den Lagerleiter verachtete und den anderen nicht auseinandersetzen konnte, daß er nicht das geringste mit dem Lagerleiter zu tun hatte. Sogar der alle an Länge überragende Betriebsleiter, der noch nicht begriffen hatte, was mit ihm passiert war, kam hin und wieder zurück in den Aufenthaltsraum, zu Gesichtern und zu einer Umgebung, die ihm seit über zwanzig Jahren vertraut waren, und aß dort im Stehen seine belegten Brote, suchte nach einer verlorenen Gemeinschaft. Der Einzug ins Büro hatte ihn hilflos und stumm gemacht. Alles an ihm war so steif und unbeweglich geworden, daß man sich jedesmal, wenn er irgendwo auftauchte, fragte: Was ist mit ihm los? Was ist mit ihm passiert, von wo kann dieser Mensch herkommen, daß er so wenig spricht? Man konnte es einfach nicht glauben, daß dieser Mensch vor einigen Jahren noch Schmied gewesen war und als solcher in der alten Werkstatt gearbeitet hatte.

Eine schöne Welt war das gewesen, die sich aus einer Moorlandschaft erhoben hatte, über deren Zäune der junge, verdrossene Fritz Klampfner in seiner Kindheit gesprungen war, um an den Teichen und Kanälen zu spielen, bis ein Bauer ihn und seine Kameraden aus seinem Grundstück verjagt hatte. Und nun saß er da und ließ Leimberger und den anderen Eifrigen zum Trotz Kinn, Kopf und Schultern hängen, spielte den Idioten, ging mit heraushängender Zunge hinter einem Vorarbeiter her, spielte Feinschmied oder einen staunenden Kleinunternehmer. Eine schöne Stätte war das, aus Glas, Stahl und Beton. Feinschmied brauchte nicht auf den Gesindemarkt zu gehen, um sich Leute auszusuchen, sondern ließ Zeitungen, Rundfunk und Arbeitsamt für sich reden, er brauchte sie nicht anzubellen und ihren stummen Haß auf sich zu ziehen, sondern überraschte den mit seiner Existenz Hausierenden mit einer sorgfältig einstudierten Offenheit und mit Interesse für seine Person und bedrohte ihn blindlings mit Aufstiegsmöglichkeiten, so daß der Aufgenommene dann dankbar und recht willig zu Ernst August und den anderen Montiergrubenarbeitern hinunterstieg, dort über Ölschüsseln stolperte und so schnell verkam, daß das Herauskommen schon wieder zu einem Lebensziel wurde. Geschwiegen wurde da, daß man hätte brüllen können. Überall das Geheul und Gewinsel von der Gleichheit vor dem Gesetz, vom Freigeborensein, von Rechtsstaat und Demokratie. Aber diese Lügen waren zu weit weg, als daß einer der Arbeiter einen Zusammenhang zu seiner lächerlichen Existenz hätte herstellen können. Die Älteren von ihnen waren zu zermürbt, um ihren Trott zu unterbrechen, sie betrachteten sich als Opfer. Sie spülten sich mit Bier und Schnäpsen voll, blieben einen oder zwei Tage aus und sprachen davon, daß ihre Kinder es einmal besser haben würden. Aber die Älteren bestimmten, was geredet wurde, taten die Einwände ihrer jüngeren Kollegen mit einer Handbewegung ab, reagierten mit Gelächter oder schwiegen. Wer konnte, zog seine Hände nach Möglichkeit aus der Arbeit zurück, ging mit einem ausgezogenen Maßband umständlich durch die Halle und über die hinteren Höfe spazieren und tat, als suche er nach einem geeigneten Stück Stahl, oder setzte sich in eine zugedeckte Montiergrube. Wer einmal die ärgsten Hürden übersprungen hatte, konnte beobachten, daß die Leute nicht zum Magazinschalter gingen und alles ausfaßten, was sie an Werkzeugen und Ersatzteilen brauchten, sondern nach Möglichkeit jedes Stück einzeln holten und somit ständig den Magazinschalter blockierten. Holl beging lange den Fehler zu glauben, der oft nach irgend etwas Ausschau haltende Betriebsleiter wisse um die Taktiken des Hinauszögerns von Arbeiten, aber Baumer lachte laut auf und sagte, daß der Betriebsleiter nur immer wieder herauskomme, um das Chaos, das Feinschmied angestiftet habe, zu studieren. Der Betriebsleiter, sagte Baumer, wisse selber nicht, wie lange er Betriebsleiter sein werde. Einige wenige bequemere Posten hätten die gesamte Belegschaft durcheinandergebracht.

Holl war natürlich kein Mensch, der ein Auskommen suchte. Er begnügte sich nicht damit, für andere seinen Körper am Leben zu erhalten. Er mußte in dem, was er machte, einen Sinn finden, der über Privatinteressen hinausreichte. Er hielt Feinschmied für einen Verbrecher, sagte aber nicht, daß er für einen Verbrecher arbeite, sondern erzählte schön brav Geschichten, weil er gelernt hatte, daß man Unternehmer nicht als Verbrecher bezeichnen durfte.

Wie hätte es anders sein können, als daß nach den zwei großen Kriegen, den Hungersnöten und Greueltaten die Menschen sich daranmachten, die sichtbaren Schäden zu beseitigen, den Schutt wegzuräumen. Aber die Finsternis, durch die sie gegangen waren, luden sie nicht ab. Es war nicht von den Arbeitenden die Rede.

Nach Jahren, als Franz Holl schon lange die Schlosserarbeit aus der Hand gelegt hatte, hätte er durch seinen Freund Hermann Busch beinahe einen Angestellten der Arbeiterkammer kennengelernt, aber solange er Zeuge war, wie Kollegen ohne Grund gekündigt in den Freitagabend hinausgingen, und er selber nicht wußte, wohin es ihn verschlagen würde, war die Arbeiterkammer für ihn nicht mehr als ein Amtsgebäude, an dessen verschlossenen Türen er manchmal an Sonntagen vorbeiging. Keiner von den Arbeitern, die Holl kannte, nahm ernsthaft an, daß sich die Gewerkschaft für ihn einsetzen würde, nicht für einen einzelnen Arbeiter, höchstens für eine Gruppe. Die Mitteilungen, die aus den Gewerkschaftsgebäuden an die Beitragszahlenden verschickt wurden, waren langweilig und hätten genauso an Bischöfe oder Unternehmer gerichtet sein können. Die von den Gewerkschaftern ausgehandelten Tarifverträge lagen vielfach weit unter dem, was von den Unternehmern an Löhnen bereits gezahlt wurde. Überall wurde gebaut und blindlings vergrößert. Überall war vom wirtschaftlichen Aufschwung die Rede, von Fortschritt, aber Holl, dem

Zusammenhänge und Überblick fehlten, um seine Ansichten näher begründen zu können, schien es, als wäre er unter einen begriffsstutzigen und rückständigen Menschenschlag geraten. Er weigerte sich, von Wirtschaft und Fortschritt zu reden, solange er durch Arbeit gekrümmte Menschen sah. Und die waren da, beschämt, dienten schweigsam und ängstlich als Abfallprodukte der freien Marktwirtschaft. Diese Menschen waren da, mit schlottrigen Knien und zittrigen Händen rafften sie noch einmal ihr Alter auf für eine kümmerliche Rente. Und das war eine Gnade, sie mußten froh und dankbar sein, daß es für ihre geschwächten Glieder noch eine Verwendung gab. Es war einfach nicht von den Arbeitenden die Rede, sondern von ihren Produkten. Am Aufenthaltsraum führte eine schmale Straße vorbei. An deren gegenüberliegender Seite war eine Plakatwand aufgestellt. Nie war auf den angeklebten Plakaten ein Herstellungsvorgang zu sehen, sondern immer nur der zum Verkauf fertige Gegenstand. Kamen obendrein Menschen vor, dann immer nur glückliche und unbekümmerte. Hinter der Plakatwand war eine unbebaute Wiese, aus der einige Bäume ragten, die anzustarren mit der Zeit auch blöd und langweilig wurde.

Feinschmied, der das ganze Büro, den Hof überblicken, bei klarer Sicht das Gebirge sehen, Zeitungen lesen, sich von einer Sekretärin Erfrischungen servieren, sich nach Belieben zerstreuen konnte, hielt es in seinem Büro nie lange aus. Aber was hätten erst die zu Arbeitern gemachten Menschen jenseits der dünnen Zwischenwand sagen sollen? Dahockend, mit den Ellbogen auf lange, graue, glatte Kunststofftische gestützt, von kahlen Wänden umgeben. In der kurzen Pause kaum Zeit, die Brote hinunterzuwürgen. In der Vorangst auf das Losgehen der Lärmmaschine erhoben sich viele knapp davor und flüchteten sich in die Werkshalle, wo wegen des hohen und großen Raumes der durch Mark und Bein gehende Lärm weniger zur Wirkung kam. Stets zur Genügsam-

keit erzogen, verglichen die Arbeitenden ihr nun hunger-
loses Existieren mit ihren früheren Nöten und überlie-
ßen ihr Geschick ihren bezahlten Vertretern, aber diese
elende Nachhut aus niedergeschlagenen Klassenkämpfen
und Revolutionen führte ein recht verschwiegenes Büro-
dasein und begnügte sich mit dem Innehaben von Funk-
tionärslizenzen. Ihr aus Parteikursen zusammengetrage-
nes Wissen, das sie brauchten, um eine Arbeitervertreter-
position einzunehmen, reichte nicht aus, um zu sehen,
daß diese emsige, aus Kriegen und Hungersnöten hervor-
gegangene, blind vor sich hin produzierende Zeit nur von
kurzer Dauer sein konnte. Ihre Organisation verfügte
über großzügig angelegte Gebäude, über Kapital, über
eigene Banken, aber von diesen Einrichtungen ging eine
so abweisende Kälte aus, daß Holl erst nach Jahren, nachdem er hunderttausendmal an Gewerkschaftsgebäuden
vorbeigegangen war, plötzlich aufbrüllte und sich fragte:
Wie konnte ich nur so blöd sein und nie daran denken,
daß die Gewerkschaften von unseren Beitragsgeldern hätten Schulen errichten und für unsere Fortbildung etwas
tun müssen. Ziller, Stürzl, Lorz, Lackner, keiner von den
Leuten, zu denen Holl näheren Kontakt hatte, kam auf
die Idee, an die Gewerkschaft ein Bittgesuch zu richten,
um von Leuten, die ihnen wenigstens dem Schein nach
nahestanden, gefördert zu werden. Sie, die sich mit
stumpfsinnigen Arbeitsbedingungen nicht abfinden
konnten, fanden eher bei katholischen Institutionen, bei
Leuten mit erzkonservativer politischer Anschauung
und sogar bei Unternehmern Verständnis für ihre Aus-
bruchsversuche. Die Arbeiter hatten das Nachsehen,
denn sie wurden zurückgelassen als dumme und zu
nichts anderem als zu einer stumpfsinnigen Beschäftigung fähige Wesen.
    Daß es aber einigen wenigen von ihnen doch gelang,
diesem scheinbar von den Arbeitenden selbst verschuldeten und immer so eifrig als unveränderlich hingestellten
Zustand zu entrinnen, überraschte selbst den für Erobe-

rungskriege schwärmenden Direktor Kottner. Um so mehr, als ihm nach vier Semestern bei einer kommissionellen Prüfung auffiel, daß der Facharbeiter Holl immer noch nicht verlorengegangen war. Er fragte ihn mehrmals nach seinem Beruf und interessierte sich für seine Arbeit. Die Schule hieß nämlich schon nicht mehr Arbeitermittelschule, sondern war, da sich so wenige Arbeiter in sie verirrten, in »Gymnasium für Berufstätige« umgetauft worden. Polizisten, Sekretärinnen, Buchhalter, Techniker, Laboranten, Zöllner, Kindergärtnerinnen, Verkäufer, Berufssoldaten, Leute, die vorzeitig ein Gymnasium verlassen hatten, besuchten nun die ehemalige Arbeitermittelschule. Als Privatschule mit Öffentlichkeitsrecht erhob sie natürlich nicht den Anspruch, den Werktätigen Klassenbewußtsein beizubringen, gab aber auch nicht zu, daß es sich ausschließlich um bürgerliche Denkmodelle und Lehrinhalte handelte, die in ihr vorgetragen wurden, daß es sich um eine Versuchsanstalt handelte, in der sich jeder Unterrichtende nach Belieben in seinen Privatheiten ergehen konnte. Als Holl in die Stadt flüchtete, war ja die Erwartung ausschlaggebend, von vielen Arbeitern umgeben zu sein und zugleich in einem Musterbetrieb zu arbeiten. Und die Bücher, die er las, hatten in ihm die Vorstellung erweckt, daß es Menschen geben mußte, deren Trachten über das Einnehmen und Behaupten von Positionen hinausging. Er sah die Gesellschaft nicht als eine Summe von Stühlen, nach denen die Menschen streben, gleichgültig wohin es sie führt, sondern hielt immer noch an dem Bild von einer Gesellschaft fest, die auf einer begrenzten Erdoberfläche ihr Auskommen finden mußte. Daß sich innerhalb eines begrenzten Raumes nicht jeder gebärden kann, wie er will, hatte er schon als Kind begriffen. Er suchte nicht mehr sosehr nach Gerechtigkeit, sondern nach Menschen, die dem Zeitgeplapper nicht zustimmten, nach einem Kopf, der ihm irgendwann das Chaos, in das er sich begeben hatte, erklären würde.

Freilich wußte er, daß Feinschmied sich ausbreiten würde. Daß der Scheinwerferzertrümmerer sich ausbreiten würde. Daß die Fuhrunternehmer, deren Fahrer die Lastzüge zur Reparatur brachten, in einem erbitterten Konkurrenzverhältnis standen. Daß Unternehmer wie der Innungsmeister, in dessen Dachkammer er die mündliche Facharbeiterprüfung abgelegt hatte, mit ihren Prinzipien, die an die Zeiten der Zünfte erinnerten, über kurz oder lang zugrunde gehen würden. Daß Kleinunternehmergruppen bereits mit Gewerkschaftsfunktionären Moskauflüge buchten, um vorm Aufgeriebenwerden noch etwas zu erleben. Es war ihm auch nicht neu, daß ein in den handgreiflichen Arbeitsprozeß zurückgekippter Kleinunternehmer in den Arbeitspausen auf die freie Marktwirtschaft fluchte und allerlei Kriminelles über Großunternehmer zu erzählen wußte. Daß sich Unternehmer gegenseitig betrogen, wurde Holl, als ihm der Kommunist Stürzl auseinandersetzte, daß sie diesen Betrug wieder nach unten verrechnen, auch klar, aber nicht fertig wurde er mit der Entdeckung, daß Feinschmied dumm, sogar schrecklich dumm war. Lange hatte er geglaubt, wenn Feinschmied sich in Arbeitsbesprechungen einmischte und ganz und gar unsinnige Vorschläge machte, daß dies mit seiner Unternehmereile zusammenhing. Holl konnte sich einfach nicht vorstellen, daß Feinschmied innerhalb weniger Jahre alles, was er vorher unter dem Kommando seines Vaters bis zum Überdruß gemacht hatte, vergessen haben sollte. Aber es war tatsächlich so, er konnte sich nicht helfen. Noch weniger wollte Holl wahrhaben, daß Feinschmied, wie Baumer sagte, nie eine Leuchte gewesen war. Wirklich zu zweifeln begann Holl an Feinschmied aber erst, als dieser ihn eines Tages zu sich ins Büro kommen ließ und dafür lobte, daß er die Abendschule besuche. Er sprach von einem beschnittenen Privatleben und sagte, daß er der ideale Mann sei, um auf den Betriebsleiterposten gesetzt zu werden. Er brauche einen Mann mit Allgemeinbildung, der aber auch etwas von der Praxis verstehe. Und das sei bei ihm der Fall. Er müsse selbständig sein und für ihn Verhandlungen führen können. Sein jetziger Betriebsleiter könne nicht einmal einen Geschäftsbrief diktieren. Holl war von dem Vorschlag überrascht und dachte, wenn Feinschmied eine so gute Meinung von mir hat, kann Meilinger noch nicht bei ihm gewesen sein. Er tat, als gefalle ihm das Angebot. Er war froh, weil er nun endlich wußte, daß hinter dem stummen Betriebsleitergesicht nichts als Hilflosigkeit steckte.

Keine zwei Stunden später hatte er auch die Sorge, über das Angebot ernsthaft nachdenken zu müssen, los. Ein paar Funken einer alten Handbohrmaschine mit abgeriebenen Schleifkolben hatten auf dem großen Hof einen leeren Tankwagen in Brand gesetzt. Es loderte aus allen Luken, die Holl zum Glück vorher aufgemacht hatte. Er war ein wenig erschrocken, wußte aber sofort, daß der Tank wegen der vielen Öffnungen nicht explodieren würde. Holl wartete zwischen den Flammen auf die Feuerlöscher, mit denen Arbeiter herbeiliefen. Auch Feinschmied stürmte aufgeregt aus dem Büro, rief ihn schon von weitem mit »Fahrer« an: »Fahrer, fahren Sie Ihren Wagen weg.« Selbst als er schon ganz nahe am brennenden Tank stand, rief Feinschmied immer noch: »Fahrer, fahren Sie den Wagen weg.« Die Arbeiter beruhigten ihn, daß keine Explosionsgefahr bestehe und klärten ihn auf, daß der Mann da oben nicht der Fahrer, sondern einer seiner Arbeiter sei. Baumer lachte und fragte Holl, ob er immer noch glaube, daß er als Mensch existiere.

Baumer bezeichnete sich und andere oft als Handelsware. Holl hielt ihm entgegen, daß er sich früher oft verflucht habe, bis er draufgekommen sei, daß es wenig nütze, seine eigene Person herunterzumachen. Das tue er nicht mehr. Umgekehrt müsse man es machen. Sich unbefangen verhalten wie Unternehmer. Tatsächlich lernte Holl, zuerst mit Entsetzen, daß es sich bei den Unternehmern um ganz unbekümmerte Leute handelte.

Wo er Fähigkeiten vermutet hatte, sah er auf einmal ein riesiges Loch. Statt Verantwortung ein Loch. Von dieser Verantwortung war oft die Rede, er las von ihr in der Zeitung, er hörte von ihr aus dem Radio und wurde wütend, weil er überzeugt war: die Leute denken falsch. Das Schlimmste, was einem Unternehmer passieren könne, sei, daß er ein Arbeitsverhältnis eingehen und sich wie andere selber am Leben erhalten müsse. An dieser Ansicht hielt Holl fest, da konnte ihm der redegewandte Lemmer stundenlang, bis ihm vom Zuhören ganz wirr war, die Prinzipien des Rechtsstaats auseinandersetzen.

Die Welt der Bauern.
Die Welt der geflohenen Landarbeiter.
Die neue, in einen Konkurrenzkampf gestürzte Landwelt.
Die Welt der Maschinen und ihrer Menschen.
    Überall, wo mit den Händen gearbeitet wurde, konnte Holl hingehen und sich sofort beteiligen. All diese Welten waren ihm vertraut. Keine hatte er abgeschlossen, ganz aufgegeben. Aus der Bauernwelt hatte er immer noch Kleider im obersten Fach des Schrankes, zu kleine Flanellhemden, handgestrickte Socken aus dickem grauen Garn, zu kurze Lodenhosen. Ein Teil lag noch bei der Mutter, irgendwo in Schachteln verpackt. Von all diesen Welten hatte er etwas abbekommen, ihre Menschen lebten, mischten sich in seine Entscheidungen ein. Diese Menschen konnte er nicht einfach wegschicken, ihre Existenz nicht einfach aus dem Kopf schütten. Über eine mehr als zwanzig Kilometer lange Talseite wußte er Bescheid, von der Talsohle bis hinauf zu den höchsten Gehöften, an der unteren Waldgrenze kannte er Menschen, hatte mit ihnen gelebt, und er sah ihre Gesichter immer noch und wußte nur zu genau, aus welchen Betten, in welchen Kammern sie sich in frühen, noch dunklen Stunden erhoben, um sich das tägliche Brot zu verdienen. Über diese Menschen befragt, hätte Holl reden können, aber die Leute in der Stadt fragten ihn höchstens,

warum er so große Hände habe. Ihr Blick auf seine Bauernhände machte ihn unsicher. Die Schlosserarbeit hatte sie nicht kleiner gemacht. Auch Ziller war ein Mensch mit zu großen Händen, die nicht zur anderen Welt, der Welt des Redens, paßten. Die Welt des Redens wollte mit zu großen Händen nichts zu tun haben. Die Welt des Redens hatte sich keine Arbeitsgeschichten, keine schweren Geschichten zu erzählen und fragte deshalb nur nach wenigen Dingen. Ort und Datum der Geburt. Beruf. Name. Eltern. Vorstrafen. Handgeschriebener Lebenslauf. Mehr will die Welt, die vom Reden lebt, von einem Angehörigen, der aus der Arbeitswelt kommt, nicht wissen. Sie steht höchstens da, mustert ihn mit einem kühlen Blick, fragt aber nicht, was ihm denn in der Arbeitswelt zugestoßen sei, daß er nun in die Welt des Redens vordringen wolle. Voller Hoffnung, ehrfürchtig, interessiert und ängstlich hatte Holl die Schwelle in die Welt des Redens überschritten und sich schüchtern in die letzte Bank gesetzt, um sie jederzeit ohne viel Aufsehen wieder verlassen zu können.

Eigentlich war es nur eine von den vielen Schwellen, von denen aus man tiefer in die Welt des Redens vordringen konnte. Er wollte sich diese ihm so fremde Welt erst einmal eine Weile ansehen, um herauszufinden, was in ihr wichtig war. Aber das war nicht möglich. Hier bestimmten nicht Bauern und Arbeiter, sondern Leute, die schon lange in der Redewelt gelebt hatten. Sie waren in der Redewelt aufgewachsen und arbeiteten für die Redewelt, wurden von der Redewelt entlohnt. Das Geld, das ihnen für ihre Redetätigkeit ausgehändigt wurde, brauchten sie sich nicht von Arbeitern, Bauern und Kleinhandwerkern abzuholen, es erreichte sie auf kompliziert angelegten Umwegen und lag jeden Monat pünktlich zu einem bestimmten Tag auf der Bank. Das Geld, dessen Fluß Holl unbewußt in das Randdasein der Redewelt gefolgt war, war einfach da und verriet seine Herkunft nicht. Natürlich hatte Holl von der Redewelt gelesen, aber da war sie in Bücher gebannt, da war sie Phantasie, und er konnte sich selber in eine phantastische unbeschwerliche Existenz versetzen. Jetzt jedoch, als Vertreter aus der Redewelt plötzlich so nahe vor ihm standen, daß ihm manchmal vorkam, er hätte es gar nicht geschafft, zu ihnen vorzudringen, er träume nur, ging ihm alles zu schnell. Durch sein rasches Vorankommen in der Arbeitswelt hatte er sich eingebildet, daß ihn das Glück begünstigen würde. Das glaubte er, wenn er von einem Lehrer aufgerufen wurde. Er erhob sich und hoffte, das Gefragte würde in seinem Kopf die richtige Antwort finden. Dann stand er ganz blöd da und wußte nicht, was er mit sich anfangen sollte. Es dauerte nicht lange und seine Einbildungen, was er alles schon wäre, waren auf die Realität heruntergeprüft, und er mußte sich mit seinem Gestotter, seinen Angstzuständen und Schweißausbrüchen herumschlagen. Mit einem derart lächerlichen Menschen wollte er nichts mehr zu tun haben. Er hatte sich eingebildet, über Deutschkenntnisse zu verfügen, aber als er die ersten Aufsätze zurückbekam, mußte er allmählich einsehen, daß er über keine Deutschkenntnisse verfügte. Da konnte er auch nicht dem Lehrer die Schuld geben, denn es war die geschriebene Sprache, die ihm Schwierigkeiten bereitete. In der Volksschule hatten er und sein Freund Leo immer nur fünf bis sechs Zeilen lange Aufsätze geschrieben und deshalb wohl nicht allzu viele Fehler machen können. Er schrieb auch jetzt nur jeweils eine Seite, weil ihm zu den Themen, die von der Redewelt gestellt wurden, nichts einfiel. Der Wortschatz, dessen richtige Schreibweise ihm vertraut war, reichte oft nicht einmal für einen vollständigen Satz. Fiel ihm ein brauchbarer Gedanke ein, mußte er ihn wieder aufgeben, weil Wörter zu seinem Ausdruck nötig waren, deren Schriftbild er sich nicht vorstellen konnte. Er hatte diese Wörter vielleicht schon hundert- oder tausendmal gelesen, sich dabei aber immer nur um ihre Bedeutung gekümmert, nicht aber um ihr Aussehen.

Anfangs hatte er seine wenigen, für die Redewelt brauchbaren Gedankengänge in unbekümmertem Eifer niedergeschrieben, aber der vielen Wörter ansichtig, die er entstellt hatte, dachte er: das ist nichts, so kommst du nicht durch. Er wurde dann vorsichtig, schrieb nicht mehr jeden Gedankengang, der ihm in den Sinn kam, sofort ins Heft, sondern überlegte zuerst: Kommen Wörter vor, die dir Fehler einbringen können? Zu seinem Trost hatte sein Banknachbar, ein ehemaliger Gymnasiast, keine Ahnung, wo Satzzeichen gesetzt werden sollten. Hatte er einmal viel zu wenige Beistriche, setzte er beim nächsten Mal so viele, daß Dr. Wielan, der Deutschlehrer, der keinem Teilnehmer etwas zuleide tun wollte, nicht wußte, was er dazu sagen sollte. Auch andere hatten Schwierigkeiten, mühten sich nach Ausdrücken ab, von denen sie glaubten, daß sie Dr. Wielan gefallen könnten, tappten nach originellen Wendungen und Pointen und schlugen daneben. Zwei oder drei wiederum fanden nie heraus, warum ihre Arbeiten immer der Vorstellung von Dr. Wielan entsprachen.

Dr. Wielan machte alles: von den Anfängen der altgermanischen Dichtung bis zur ›Blechtrommel‹ von Günter Grass. Alle Epochen. Er ließ keinen Namen aus. Er legte sich nirgends fest, sondern erwiderte die fragenden Blicke seiner Zuhörer, die stöhnend ihre Hefte mit Namen, Jahreszahlen, Werken und Jahreszahlen, Epocheneinleitungen und Strömungen vollkritzelten, daß es das eben gegeben habe oder daß das eben auch seine Berechtigung habe. Dr. Wielan ließ alles gelten. Freilich war das besser als nichts, besser als Lochs Versuche, die Leute mit längst überholten Theorien für Gebirgsfaltungen zu interessieren. Professor Loch lebte zwar in der Gegenwart und führte ein äußerst belastendes Dasein, ließ aber weder in seinem Geschichtsunterricht noch in Geographie die Gegenwart vorkommen. Die Geschichte endete für ihn mit den Habsburgern. Von der Wirtschaft sagte er, daß er sich nicht mit ihr befasse, weil sie sich stets ändere.

Dr. Loch zwang die Leute, alle Namen und Jahreszahlen der Habsburger auswendig zu lernen, um sie jederzeit aus dem Gedächtnis heruntersagen zu können. Dr. Loch schaffte sich in jeder Klasse, die er betrat, sofort Opfer, die seinen zustechenden Blick fürchteten und die er auch jederzeit, wenn er es wollte, sofort erledigte. Bei Wielan war das eher umgekehrt. Wenn er einen aufgerufenen Kandidaten erwischte, der auf seine schonend gestellten Fragen mit keinem einzigen Ton zu antworten vermochte, ließ er sich dessen Heft zeigen, blätterte darin und sagte: er müsse wohl Pech gehabt haben, daß er gerade Fragen erwischt hätte, die dem Kandidaten vielleicht nicht so vertraut seien. Dr. Wielan trug unermüdlich vor, schrieb Namen und Jahreszahlen an die Tafel, so schnell, daß er sie selber nicht einmal lesen konnte, er besserte die Namen immer wieder aus, fügte irgendwelche Haken und Schlingen hinzu, war ständig in Bewegung: von der Tafel weg, zur Tafel hin. Direktor Kottner durchlief mit ausgestrecktem Zeigefinger und erhobenem Haupt das ganze Klassenzimmer, fuhr den Leuten, von denen anfangs viele sofort eingeschlafen waren, mit dem Finger an die Augenlider, redete sich von den Anfängen der Menschheitsgeschichte über entstehende und zerfallende Reiche bis zur Völkerwanderung herauf und brach plötzlich halb wahnsinnig zusammen. Sein jüngerer Nachfolger durchschritt ebenfalls das ganze Klassenzimmer, zwang zur Mitarbeit und hatte ein ausgezeichnetes Wissen über Türkeneinfälle und Kreuzzüge. An die hundertfünfzig Jahreszahlen wußte Holl über Türkeneinfälle.

Das Gefährliche in der Redewelt war, daß sie nichts begründete. Die Vertreter der Redewelt kamen einfach zur Tür herein, ließen sich grüßen und fingen an zu reden. Die Arbeitswelt begründete auch nichts, aber Holl wußte wenigstens, daß das, was er anfaßte, Feinschmied nützte, dem Magistrat, dem Scheinwerferzertrümmerer oder einer Konkurrenz des Scheinwerferzertrümmerers zugute kam. Und das Verlockende in der Redewelt für ihn war, daß er glaubte, die Redewelt beabsichtige nichts. Die Redewelt sei nur dazu da, um dem, der in sie hineingeht, Wissen zu vermitteln. Und er war eifrig und interessiert, weil er sich sagte: Die Redewelt ist gut, weil mich die Redewelt nicht zu Geld macht. Er war an allem interessiert und entwickelte unheimliche Energien, lernte ganze Nächte, vor kommissionellen Prüfungen drosselte er den Schlaf auf drei Stunden und hielt das bis zu drei Wochen durch. Alles, was von einem Angehörigen der Redewelt vorgebracht wurde, schien ihm wichtig. In seinem ersten Schrecken, als die verschiedenen Sprecher ihr Wissen auf die Zuhörer losließen, glaubte Holl manchmal, er befinde sich auf einem langsam geschalteten Förderband und das Wissen ziehe auf einem schnelleren an ihm vorbei. Wenn der Arbeiterverräter Meilinger oder einer seiner Untergebenen den Federnhammer in Betrieb setzte, ein fremdsprachiger Hilfsarbeiter die Metallkreissäge einschaltete, die Vorschlaghämmer dröhnten, mußte er oft aus der Halle laufen, um nicht wahnsinnig zu werden. Welchen Belastungen die Leute ausgesetzt waren, konnte sich nur ein einziger Lehrer, der Nachfolger des alten Geistlichen, vorstellen, Peter Schenk. Als er sich vorstellte und sagte, daß er bis zu seinem neunzehnten Lebensjahr als Knecht auf Bauernhöfen gearbeitet hatte, atmete Holl erleichtert auf. Endlich einer aus seiner Welt.

Martina und Heinrich Klock heirateten.

Am Rande der Stadt, unterhalb der Brücke einer stark befahrenen Durchfahrtsstraße, im Kellergeschoß eines alten zweistöckigen Hauses, hatten sie eine Zweizimmerwohnung gefunden, vor deren kleinen Fenstern das Wasser des Kanals vorbeifloß. Die Mauern waren feucht und der hölzerne Fußboden stellenweise durchgefault, aber Klock, der ja im katholischen Haus wohnte und nie aufwendiger als in Schlafsälen oder winzigen Einbettzimmern gewohnt hatte, war froh, gut einen Monat vor

Beginn der Vorbereitungen zu den Sommerfestspielen wenigstens noch dieses Quartier gefunden zu haben. Auch das Schwesternheimzimmer, das Martina bewohnte, war klein. Wenn sie alle drei nach einem Spaziergang durch das Schwesternheim zu Martinas Zimmer hinaufgingen, um bei offenem Fenster belegte Brote zu essen, wunderte und fragte Holl sich heimlich, ob sich, wenn Bett, Tischchen, Stuhl und Schrank hinausgeräumt wären, in einem solchen Schwesternheimzimmer ein ausgewachsenes Schwein umdrehen oder ob es sich nur der Länge nach in ihm bewegen könnte. Und er kam zu dem Ergebnis, daß sich ein ausgewachsenes Schwein in einem Schwesternheimzimmer nicht umdrehen könnte, einmal drinnen, müßte es an Ohren und Schwanz rückwärts zur Tür hinausgezogen werden. Er sprach solche Vorstellungen nicht aus, weil er befürchtete, Heinrich und Martina würden eine Weile schweigen und dann sofort von etwas ganz anderem reden. Er sagte, als er sich von dem Schrecken, daß in so winzigen Räumen Krankenschwestern untergebracht waren, erholt hatte, daß das Zimmer sehr klein, die Umgebung aber schön sei. Er sagte auch nicht, was er dachte, als er an einem Samstagnachmittag mit Heinrich im Bus hinausfuhr, um sich die Wohnung anzusehen. Nur Feinschmieds Firmengebäude zeigte er seinem philosophischen Beschützer von weitem, die schienen ihm wichtig genug, um sie seinem Freund zu zeigen, er war aber nicht sicher, ob dieser auch die richtigen Gebäude sah, denn in der Konstruktion und in der Farbe glichen sich dort alle Industrieanlagen. Alles übrige, das ihm auf der Fahrt durch den Kopf ging, verschwieg er. Heinrich Klock schien sehr glücklich und voller Zuversicht, daß nun für ihn und Martina alles anders werden würde. Er sprach von seiner wissenschaftlichen Arbeit über Aristoteles. Seine Anstellung als wissenschaftliche Hilfskraft sei so gut wie sicher. Diese Beschäftigung hänge dann mit seinen Studien zusammen, wogegen die Zeit, die er als Erzieher zugebracht hatte, nur dem Gelderwerb gedient und ihn nur von seiner Arbeit abgelenkt habe.

Martina kam in seinen Gesprächen immer wieder vor. Auch seine Brüder. Die Gegend, in der sie ausstiegen, war eine von jenen, wo fremdsprachige Arbeiter zu fünft und sechst in einem Raum hausten. Im Freien, vor einem großen Gasthof, hockte eine Runde von ihnen beisammen und zechte. Aus den offenen Zechstubenfenstern drang der Lärm von Einheimischen. Dahinter wucherte tiefgrüner Laubwald den leicht ansteigenden Berg hinauf. Es waren alte, verschieden große, oft nur mit grauem Putz beworfene Häuser mit kleinen Gärten und enge Gassen. Frauen mit verrunzelten Gesichtern schauten aus Fenstern, riefen Kindernamen oder gingen nur herum. Obwohl es schon Samstagnachmittag war, waren immer noch Männer in Arbeitsanzügen zu sehen. Kaum hundert Meter vom Wirtshaus entfernt hörten plötzlich die Häuser auf. Irgendwo weiter draußen auf dem Land wohnte Baumer mit seiner Frau und seinen zwei Kindern.

Heinrich Klock schien in einer Verfassung, in der ein Mensch manchmal glaubt, plötzlich alles anpacken zu können. Er sprach von einem Hausbau. Als Holl das hörte, war er zuerst entsetzt, und dann dachte er, Klock sei durch die bevorstehende Hochzeit auf einmal zu Witzen aufgelegt und mache sich über das Hausbauen lustig, aber während er weiter zuhörte, stellte sich heraus, daß Klock ernsthaft mit Martina darüber gesprochen hatte. Holl wurde ganz traurig. Ausgerechnet sein Freund, der die Verbindungen zu seinem gewalttätigen Elternhaus hinter sich gelassen und mit den Jesuiten gebrochen hatte, der um ein Haar in der französischen Schweiz umgekommen wäre, sein Freund und philosophischer Beschützer, den er wegen all dieser Eigenschaften so hoch schätzte, wollte zu den Hauseigentümern überwechseln. Er ließ Klock reden, planen, Raumeinteilungen machen, Rohbau erstellen und schielte verächtlich auf die zarten Finger und Hände, die sich auf einmal so wichtig und emsig bewegten. Holl hatte vorgehabt, mit Klock am Abend in ein Restaurant zu gehen und ihn zum Essen einzuladen, aber auf der Rückfahrt ärgerte er sich und sagte sich: Ich lade doch nicht von meinem Geld jemanden zum Essen ein, der vorhat, sich seßhaft zu machen. Er konnte unbewegliches Eigentum nicht leiden und schon gar nicht im engsten Freundeskreis. Als sie wieder im Haus waren, ging er sofort in sein Zimmer, um sich auf die nächste Schularbeit in Mathematik vorzubereiten.

Mathematik fürchtete er. Es war das Fach, das ihm seinen Banknachbar geraubt und Ziller zurückgeworfen hatte und andere Geld für Nachhilfestunden kostete. Wegen der Prüfungsängste, die er sich nicht erklären konnte, bereitete er sich auf die letzte Schularbeit immer so vor, daß er ganz sicher war, mit einer mittleren Note davonzukommen, um der gefürchteten Mathematiknachprüfung aus dem Weg gehen zu können. Zwischendurch kam ihm der Gedanke, daß er eigentlich wieder einmal ins Bordell gehen könnte, und er verließ, als noch keiner von seinen Bekannten ans Ausgehen dachte, allein das Haus, um sich die Bordellmöglichkeit offenzuhalten. Er wußte noch nicht, was vernünftiger war; zuerst essen und dann ins Bordell oder zuerst ins Bordell und dann essen oder überhaupt nur in eine Weinstube, Wein trinken und nichts essen. Nun schien ihm auf einmal, daß die Keuschheit, in die er sich verrannt hatte, nichts mit ihm zu tun hatte, sondern daß Klock ihr zum Opfer gefallen war. In seiner niederträchtigsten katholischen Zeit hatte Holl aus Furcht, daß es einen Gott geben könnte, dem kein Mensch entkommt, dem alten Geistlichen angsterfüllt gestanden, daß er nur ungültige Kommunionen empfangen habe und daß er nun, wenn es noch nicht zu spät sei, mit Gott ins reine kommen wolle. Vor ihm hatte der alte Geistliche eine Frau, die einen Ehebruch gebeichtet hatte, zum Weinen gebracht. Er war gespannt und rechnete damit, daß ihn der Geistliche übel zurichten, wenn nicht überhaupt wegschicken würde. Aber der Alte war von Holls Reue so ergriffen, daß er ihn tröstete. Daß er nun den Weg zum wahren Glauben gefunden habe, sei so viel, daß Gott ihm vergebe. Holl war daraufhin so erleichtert, daß ihm vierzehn Tage lang, wenn er in der Früh mit dem Fahrrad in die Arbeit fuhr, vorkam, Gott sei ganz in seiner Nähe. In dieser Zeit hatte er einen Brief an seine Stiefmutter geschrieben, an dessen Inhalt er sich nicht mehr genau erinnerte. Jedenfalls war es ein mit Glauben und Keuschheitspolitik zusammenhängendes Bekenntnis, mit dem er nun nichts mehr zu tun haben wollte. In der Redewelt, dachte er, kommst du der Keuschheitspolitik auf die Schliche. In der Redewelt wirst du herausfinden, was die Keuschheitspolitiker bezwecken.

Als er sich der Altstadt näherte und sah, wie ihre Bewohner in Trachtenkleidern über blumengeschmückte Plätze spazierten, war er sich noch immer nicht im klaren, ob er zuerst ins Bordell und danach in ein Lokal gehen sollte oder zuerst in ein Lokal und später ins Bordell, wobei er noch gar nicht wußte, in welches. Die Altstadt, die ihm durch das viele Zeitunglesen in den Kaffeehäusern und durch das viele Herumgehen in ihren Gassen zunächst so vertraut geworden war, daß er sich ihr als Konsument zugehörig fühlte, war ihm im Grunde immer noch fremd, und es schien ihm, daß er sich noch lange in der Redewelt würde aufhalten müssen, um zu ihr und ihren Bewohnern den richtigen Zugang zu finden. Es waren dieselben Plätze und Gassen, auf denen er und die Bewohner der Altstadt gingen. Manchmal streifte er sogar ihre Kleider und nahm einige Schritte weit den kostspieligen Geruch einer Frau mit, so daß ihm einen Augenblick vorkam, ein Zufall könnte ihm in der Altstadt eine Frauenbekanntschaft einbringen, aber er sagte sich sofort, mach dir nichts vor. Solche Zufälle gibt es in der Literatur und im Kino, aber nicht in der Altstadt. Wäre es anders, hätte er in der Altstadt längst eine Frauenbekanntschaft machen müssen, aber alle Frauenbekanntschaften hatte er außerhalb der Altstadt gemacht. Schließlich verwarf er diese Gedanken ganz, indem er sich sagte, er sei nicht in die Stadt gekommen, um eine Bewohnerin der Altstadt kennenzulernen, sondern um an sich zu arbeiten, und er beschloß, zuerst ins Bordell zu gehen und, was er nachher unternehmen würde, davon abhängig zu machen, wie ihm nach dem Verlassen des Bordells zumute wäre.

Er hatte vier Häuser zur Auswahl. Eines schloß er gleich aus, weil ihn die zuschnappende Eisentür ärgerte. Und du mußt dich innerhalb von zwei Sekunden für eine entscheiden. Bei den anderen Häusern konnte er ihnen wenigstens vom Hof aus eine Weile durchs Fenster beim Stricken zusehen, konnte mit der Vorsitzenden reden und um sich werben lassen. Als er sich dem aus drei Häusern bestehenden Bordellkomplex näherte, entschloß er sich für das eine Haus, das er jedes Jahr am Abend des 23. Dezember betrat, im Glauben, sich am Weihnachtsfest rächen zu können. Einige Arbeiter standen vor der Tür und waren noch unschlüssig. Holl kannte dieses Herumstehen, bei dem jeder darauf wartet, daß einer den Anfang macht. Er hatte Glück. Nachdem er mehrere, schon ausgediente Frauen, die eine nach der anderen aus einem Nebenraum kamen, zurückgeschickt und eine Reihe von jüngeren Bewerberinnen abgewiesen hatte, kam endlich eine zum Vorschein, die nicht mit den für Bordellfrauen typischen Gesten und ärgerlich durchsichtigen Verführungskünsten auftrat. Sie lachte etwas verlegen. Das Zimmer, in dem sie ihren Gelderwerb betrieb, war elend und abstoßend wie alle Bordellzimmer. Sie sagte zwar, daß nur sie es benütze, aber Holl glaubte ihr nicht, denn das Haus schien ihm zu klein, um alle Prostituierten, die er in ihm schon gesehen hatte, mit einem eigenen Zimmer versorgen zu können. Die Toilettensachen und der Mantel und die Handtasche, in die sie das Geld steckte, gehörten sicher ihr. Daß er nach dem Betreten des Zimmers sofort zu zahlen hatte, störte ihn nicht so sehr, zumindest tat er das gleich, um der ärgerlichen Aufforderung zuvorzukommen. Er zahlte auch nicht, um sich für kurze Zeit einen nackten Frauenkörper zu mieten, sondern vielmehr für den Aufenthalt und den Zutritt zu den Prostituierten überhaupt. Insgeheim hoffte er, im Laufe der Jahre alle zu kennen, sie ganz einfach besuchen und sich mit ihnen unterhalten zu können. Er lachte und sagte ihr, daß sie ihm gefalle. Während sie sich entkleideten, erfuhr er, daß sie Anita heiße, erst vor einigen Tagen eingezogen sei und vorher als Serviererin gearbeitet habe. Er schob ziemlich gleichgültig sein Glied in sie hinein und rechnete schon damit, daß er wieder mit dem sonderbaren Gefühl, als hätte er gar nicht mit ihr geschlafen, sondern in einer Ecke onaniert, aus dem Bordell gehen würde, aber plötzlich merkte er, daß sie anfing, schneller zu atmen und sich zu bewegen. Sie hatte ihm vorher gesagt, er dürfe, weil es noch so früh sei, ihre Frisur nicht berühren. Das ist nicht möglich, dachte er. Das ist noch keine Prostituierte. Die haben sie unten geschult, aber sie kann es nicht, sie hat die Schulung noch nicht verstanden. Er freute sich und bekam plötzlich Lust, ihr und dem Haus einen Streich zu spielen. Er konzentrierte sich ganz auf ihr Erregtwerden und steigerte vorsichtig seine Bewegungen, die sie mit heftig bewegten Hüften und Oberschenkeln erwiderte. Fast böse befahl sie ihm, er solle endlich abspritzen, hielt aber selber in keiner Weise inne, sondern warf wie wild ihren Kopf hin und her und gab immer leiser ihre Befehle von sich. Als sie nur mehr flehte und stöhnte, packte er sie an den spraysteifen Haaren, riß an ihnen, stieß zu und erfreute sich an ihren Schreien, die durchs Haus schallten und durch mahnende Rufe von unten, wahrscheinlich von der Geschäftsführung, erwidert wurden. Als einige Mädchen aufgebracht und aufgeregt herbeieilten, um ihrer unerfahrenen Kollegin zu Hilfe zu kommen, hatte Holl sich bereits aufgerichtet und betrachtete zufrieden den reglosen Körper, aus dessen weit auseinanderklaffender Scheide hellgraue Flüssigkeit quoll und auf die Bettdecke tropfte, um die die herbeigeeilten und ins Zimmer eingedrungenen Prostituierten, als sie sahen, daß ihrer Kollegin nichts weiter als ein Orgasmus passiert war, ein rechtes Palaver machten. Eine blonde, Tiroler Dialekt sprechende Prostituierte rannte hinaus und rief durchs Stiegenhaus etwas ins Erdgeschoß hinunter, ein einziges drei- oder viersilbiges Wort, das Holl noch nie gehört hatte, auf das die Stimme der Geschäftsführerin sofort antwortete, aber wieder mit einem Wort, das er nicht verstand. Er fragte eine der fünf oder sechs Prostituierten, die in dem kleinen Zimmer herumstanden, was diese Stiegenhausmitteilungen zu bedeuten hätten. Das würde er unten von der Geschäftsführung erfahren, antwortete ihm eine und wandte sich mit den anderen zum Gehen. Eine hatte Anita ein Handtuch untergelegt. Die Tirolerin kam zurück ins Zimmer und fuhr ihn an, warum er noch nicht angezogen sei. Er habe die Zeit längst überschritten, vor allem aber die Überzugsdecke beschmutzt und müsse deshalb noch einmal zahlen. Holl lachte sie aus, besann sich aber schnell und sagte, der Auflauf habe ihn ganz durcheinandergebracht. Schon seit Jahren gehe er in diesem Haus aus und ein, sei mit ihm zufrieden. Und plötzlich werde er durch einen Auflauf gestört, unterbrochen. Es geht ja um Geld, dachte er. Geld beeindruckt die Prostituierten. Er beschloß, schimpfend und recht empört hinunterzugehen und von der Geschäftsführung für den Auflauf eine Entschädigung zu verlangen. Allein daß Anita immer noch erschöpft auf dem gräßlichen Bordellzimmerbett lag und nur mit abwesenden Augen seiner Unterhaltung mit der Tirolerin folgte, stimmte ihn zufrieden.

Diejenigen, die ohne Zwischenstation direkt vom Land in die Stadt gekommen, dort aber schnell in einem winzigen Kreis von Bekannten und in deren sich ständig wiederholendem Geschwätz gelandet oder überhaupt nie über die unvermeidlichen Arbeitsplatzkontakte hinausgekommen waren und von einem Untermietsquartier aus, in dem außer Alleinschlafen jeder Atemzug verboten war, kein anderes Verhältnis zur Stadt gefunden hatten als das eines vereinsamten Spaziergängers oder Trinkers, zogen bereits wieder aufs Land, sprachen wieder Dialekt und nahmen, was sie über das Land gesagt hatten, zurück. Es machte Holl, der viel unter Milieuwechslern verkehrte, oft traurig, wenn er vom plötzlichen Verschwinden einer Milieuwechslerin oder eines Milieuwechslers erfuhr. Mit all diesen Leuten, die er irgendwo in der Stadt wußte, wollte er später ausführlich reden. Vielen von ihnen begegnete er ganz unverhofft in einer Straße und konnte in der Eile nur nach der Wohnadresse fragen und flüchtig erwähnen, daß er sich mit einem Fuß in der Redewelt befinde und vorhabe, tiefer in die Redewelt einzudringen. Manche, die er noch in bester Erinnerung hatte, weil sie sich knapp vor ihrem Abgang von den Bauern plötzlich ganz frei benommen, ihre Erziehung und alle mit dieser lebensfeindlichen Erziehung zusammenhängenden Verbote ganz einfach mißachtet hatten, suchte er und hoffte, sie im Laufe der Jahre auch zu finden. Sie hatten, solang er selber noch ein stummer Gefangener war und ans Weggehen nur dachte, den Ausbruch vollzogen, frech und ohne Kompromiß.

Margot Hübner etwa war zum Entsetzen der Leute am hellichten Tag mit ihrem Bettzeug durch den Ort in eines der Nachbarhäuser gegangen, und ihre Mutter und andere Bäuerinnen und Hausfrauen standen heraußen und protestierten gegen die Lustschreie, die Margot ausstieß. Sie hätte sich wie ihre Schwester in der Nacht aus dem Haus schleichen, sich heimlich mit ihrem Liebhaber treffen und ihre Lust unterdrücken können, aber sie blieb bis in den späten Vormittag bei ihm und ging stolz an geilem Getuschel und verächtlichen Blicken vorbei auf ihr entsetztes Elternhaus zu. Sie ging allein weg und kam nie mehr zurück. Jedesmal wenn Holl nach ihr fragte, hieß es nur, daß sie verheiratet und in der Stadt sei. Aber wo, in welchem Stadtteil, unter welchem Namen sie in der Stadt lebe, das erfuhr er nie. Ihretwegen ging er oft an Sonntagnachmittagen durch Vorstadtstraßen, durch die er an Werktagen nie kam, suchte sie unter den Spaziergängern und hoffte, ihr einmal sagen zu können, daß die Jüngeren von ihr gelernt hatten. Die Älteren schwiegen oder sprachen mit Entsetzen über Margot und andere, die bei ihrem Abgang verkündeten, daß sie nicht zurückkehren würden, aber die Jüngeren, die blieben, lernten und setzten sich über das aus uralter Zeit stammende Gerede der Alten hinweg. Da schon viele fehlten, aber noch als Stimmungsbilder und Erinnerungen durch die leergewordenen Häuser geisterten, konnten die Zurückgebliebenen leichter mit ihrem Abgang drohen und ihre Forderungen durchsetzen. Wofür die ersten, die aufbrachen, jede und jeder für sich allein, ins Ungewisse und in das Reich der Zufälle, noch von einem wütenden Elternteil erschlagen worden wären, das wurde bei den Zurückgebliebenen auf einmal geduldet. Die Zurückgebliebenen konnten jederzeit auf Beispiele verweisen, in erreichbarer Nähe bleiben und sich besprechen. Der Milieuwechsler konnte das nicht. Die Milieuwechsler waren ganz auf sich selber angewiesen. Kehrte eine oder einer gebrochen zu seinem Ausgangsort zurück, lief dort sofort alles zusammen und verbreitete die Nachricht, daß die oder der gescheitert sei. Hörte Holl von einem solchen Fall, wurde er jedesmal wütend, tobte und schwor sich, eher würde er jämmerlich in der Redewelt verenden, als auch nur mit einem Schritt in sein früheres Milieu zurückkehren.

Auf dem Weg in die Schule blieb er oft stehen und pfiff alte Melodien vor sich hin. Der Gedanke, daß er nicht hinaufgegangen, sondern hinuntergeraten war, wollte nicht in seinem Kopf Platz haben. Wo er Intelligenz vermutet hatte, war nichts als eine unkontrollierte Alltäglichkeit, eine Lächerlichkeit, in die er in vollem Ernst

hineingegangen war. Der Gedanke, daß alle Lehrer
Universitätsausbildung und gültige Universitätspatente
hatten, setzte ihm auf einmal so zu, daß er im Schul-
stiegenhaus kehrtmachte und sich schließlich gegenüber
dem Schulgebäude auf eine Terrasse setzte. Er bestellte
Kaffee und schaute auf den Fluß hinunter, dem er gefolgt
war. Der schmutzige, graubräunliche Strom war durch
das Schneewasser um ein Vielfaches angeschwollen. Jenseits des Flusses stand das große Hotel, in dem unter
Amerikanern und Neureichen Menschen mit uralten
Namen hausten, die die Welt für einen riesigen Dienst-
leistungsbetrieb hielten, uralte Zuschauer und Spazier-
gänger, von denen Holl gelesen hatte, daß sie von Zeit zu
Zeit in großer Leidenschaft ins Gebirge aufbrachen und
eine Weile fieberhaft auf das erschreckte Hochwild
schossen. Auf einem Felsen, niedriger als der Ort, zu
dem einst Untertanen ungeheure Gesteinsmengen hin-
aufzutragen und eine sichere Befestigung zu errichten
hatten, um ihre Herrscher vor aufgebrachten Nachkommen der Steineschlepper, aufständischen Bauern und
Handwerkern, zu schützen, spielte bereits, obwohl es
noch früher Abend war, eine lateinamerikanische
Kapelle. Holl wußte, daß es nichts nützte, sich an die
Leute zu wenden, um ihnen zu sagen, was er sich dachte,
wenn er lateinamerikanische Musik hörte, oder ihnen
auseinanderzusetzen, warum sich die Befestigung für ihn
zu einem schrecklichen Mahnmal verwandelt hatte.
Auch die Bomben, die schon längere Zeit auf Vietnam
hinuntergeworfen wurden, schienen die jungen Leute,
die mit ihm auf der Terrasse saßen, nicht zu stören;
zumindest kamen sie während der zwei Stunden, die er
dort verbrachte, nicht in ihren Gesprächen vor. Er ging
dann doch in die Schule hinein, aber nicht sosehr, um
sich am Milieu der Arbeitermittelschüler zu beteiligen,
sondern vielmehr, um festzustellen, warum er sich diesem Arbeitermittelschülermilieu nicht wie andere zugehörig fühlte.

Angeführt wurde die Klasse, mit der Holl es zu tun hatte, von einem Buchhalter, einem ausgewogenen Kleinbürger, dessen Hefte wegen ihrer säuberlichen und ordentlichen Mitschrift bei den anderen begehrt waren, weil in ihnen kein einziger Satz fehlte. Der Buchhalter kam immer pünktlich, ging mit keinem Wort über das Vorgetragene hinaus, studierte nach einem sorgfältig zurechtgelegten Zeitplan und stand von allem Anfang an bei den Lehrern wegen seiner Ausgewogenheit hoch im Kurs. Überholt wurde er nur von einem Genieverdächtigen, der, als er die Schriften griechischer Philosophen las, sein Untermietzimmer bis aufs Bett ausräumte, der ein leicht mißlungenes Referat zornig abbrach, der bei Mathematikschularbeiten, wenn er nicht innerhalb einer halben Stunde alle Beispiele gelöst hatte, wütend das Klassenzimmer verließ, der aber auch lebte und deutsche Touristinnen und einen Teil der weiblichen Belegschaft des Betriebes, in dem er arbeitete, befriedigte.

Lackner, einer von den vielen Gegnern Lochs, dessen Name bald nach der Geburt wegen seiner Sehbehinderung auf einer der zahlreichen Jenseitslisten stand, verdankte sein Überleben einer nationalsozialistischen Schlamperei. Lackner, der nur mit Lupe schreiben und lesen konnte und sich dabei ganz auf den Tisch niederbeugen mußte, gehörte wie Holl zu der Gruppe um Lorz, der sich nach einer kurzen, während des Arbeitermittelschulabenteuers geschlossenen und gescheiterten Ehe mit einer Studienkollegin als Förderer entpuppte. Lorz, der mit viel Schwung und Ernst gegen den Widerstand seines Vaters mit Vorwissen in das Arbeitermittelschulabenteuer hineingegangen war, beteiligte sich nicht mehr an der ärgerlichen Konkurrenz um Noten, sondern spielte seinen auf Fortkommen bedachten Anfang als Rolle weiter. Er saß auch noch neben dem Buchhalter, mit dem er außer der kleinbürgerlichen Herkunft, wobei die des Buchhalters älter und gesetzter war, so gut wie nichts gemeinsam hatte. Lorz beklagte sich auch gelegentlich über das unbeirrbar fortstrebende Wesen des Buchhalters, von dem es bei Wirtshausrunden, denen sich der Buchhalter nur in den seltensten Fällen anschloß, hieß, daß er selbst in einem offenen Krokodilmaul in Ruhe und nach Plan studieren könnte.

Ist ja wirklich lächerlich, dachte Holl, was ich mit mir schon habe geschehen lassen, ich nehme berufliche Abstiege in Kauf, um am Abend in einem baufälligen Schulhaus auf ekelhafte Weise Menschen kennenzulernen. Er schaute in die Richtung eines Ganges im Erdgeschoß, in dessen hinterstem Teil kein Licht brannte. Zuerst war es ein Gang, den er nie beachtet hatte. Jetzt waren dort Ängste, die er nie ausgestanden haben wollte. Lächerliche Ängste vor der Entscheidung eines Mannes, der vor zwanzig Jahren für seinen Unterricht ein Heft mit Chemieformeln vollgeschrieben hatte. Acht Leute scheitern an einem Menschen, nur weil sie bei der Nachprüfung die gefragten Formeln nicht wie Blitze aus dem Gedächtnis schießen können. Holl wollte den Nachmittag, an dem die Nachprüfungskandidaten ins Schulgebäude kamen, ihre Richter suchten und mit den schlimmsten Befürchtungen vor geschlossenen Türen auf ihren Aufruf warteten, zurückhaben. Alles nur feige Machenschaften. Das ganze Gebäude ist voller feiger Machenschaften. Aber das Machwerk, das ihn, ohne lange zu fragen, zu einem seiner ängstlichen Teilnehmer verwandelt hatte, funktionierte. Leute mit ähnlichen Gesichtern, verwirrt wie er selber es am Anfang war, kamen ihm über das breite Stiegenhaus herunter entgegen, rannten an ihm vorbei auf das Tor zu, um sich gegenüber der Schule in der Stehbar Getränke und Brote zu kaufen. Ein Gewirr von Stimmen erfüllte das mehrstöckige Gebäude. Überall auf den Gängen standen Arbeitermittelschulabenteurer, die alle, aus welchen Gründen auch immer, in der Meinung, in eine höhere Schule zu gehen, in Wirklichkeit in ein Machwerk gestolpert waren, das aus ihrem Bestreben, sich neben der Arbeit auf mühsame Weise zu entwickeln und weiterzubilden, ein unkontrolliertes Berufsdasein gemacht hatte. Jetzt, als Holl sah, an seiner eigenen Person sehen mußte, daß Eigenschaften wie Intelligenz und Talent nicht unbedingt angeboren und vorgegeben sein mußten, sondern auch lernbar und entwickelbar waren, da war es aus mit der Ehrfurcht vor Unterrichtspatenten. Er stellte keine sonderlich hohen Ansprüche an die Lehrer. Wenn einer ohne Tricks und ohne zu ängstigen Fakten vortrug, genügte es ihm. Aber es machte ihn wütend, wenn einer nicht einmal dazu in der Lage war. Auch Lorz und die Leute um Lorz stimmten Holl zu, wenn er sagte, daß in der Welt der Arbeit ein Mensch nicht als Tischler auftreten könne, wenn er kein Tischler sei. Nach einer Stunde, spätestens nach einem Tag werde in der Welt der Arbeit mit einem Menschen, der sich als Tischler ausgebe, aber kein Tischler sei, abgerechnet.

Seine anerzogene Schüchternheit hatte Holl nur durch größte Anstrengungen überwinden können. Welche Ängste er bei Referaten und Prüfungen ausgestanden hatte, und daß ihm seine zittrige Stimme plötzlich den Dienst versagen konnte, das wußte außer ihm niemand. Die Rolle des Hilflosen, der sich gerade noch durchschlägt, hinkte nun schon weit hinter seinem Verstand her. Obwohl Holl im Hinnehmen und Abschütteln von Rollen geübt war, schien es ihm, als kämpfe er schon die längste Zeit gegen Windmühlen. In der Berufsschule war er die Anfangsrolle rasch los. In der Berufsschule war alles konkret, rasch beweisbar. Von dort bezog er auch einen Teil der Kraft, um in der Welt des Redens sein Entsetzen über sie nicht länger zu verschweigen, sondern auszupacken. Die Reaktion überraschte ihn nicht wenig. Nicht nur angegriffene Lehrer, sondern auch Kollegen fanden, daß der Ton, in dem er seine Kritik vorbrachte, unmöglich sei. Der am meisten Betroffene, Dr. Orgler, ein junger Englischlehrer und entschlossener Lochgegner, der in diesem Schulgebäude den Lochschen Tagesschulterror noch als Gymnasiast zu spüren bekommen

hatte, rückte so bescheiden mit Kenntnissen über die englische Sprache heraus, daß selbst im Kreis der erhabenen
Anführer Kopfschütteln und Murren zu vernehmen war.
Eines Abends sickerte sogar die Information durch, daß
der Buchhalter sich gezwungen sehe, gegen Dr. Orgler
Schritte einzuleiten. Alles, was Holl und das übrige Fußvolk der Klasse davon mitbekamen, war, daß der Buchhalter in der Direktion vorgesprochen hatte, um zu
bewirken, daß der Englischunterricht nicht in deutscher,
sondern in englischer Sprache gehalten werde. Im Laufe
von zwei Jahren stellte Dr. Orgler aufgrund des Druckes,
den der Buchhalter über die Direktion auf ihn ausübte,
seinen Englischunterricht auch tatsächlich um. Es war
jedoch immer noch kein Englischunterricht, vielmehr
verhielten sich die Kursteilnehmer nur so, als ob Dr.
Orgler sie in englischer Sprache unterrichtete. Das Peinliche dabei war, daß Dr. Orgler an die Richtigkeit seines
Unterrichts glaubte, was vielleicht von der Anstrengung,
die ihm seine Tätigkeit bereitete, herrührte. Jedenfalls
verhielt sich Dr. Orgler bei Prüfungen wie ein wirklicher
Englischlehrer, wofür ihn sein Universitätspatent auch
ausgab. Er sparte dabei auch nicht mit Bemerkungen,
bezeichnete einen Schwachen schnell als hoffnungslosen
Fall und bewegte dazu seine Arme in verwerfenden
Gesten. Als Holl nach einer Reihe von sogenannten
Schwachen vom erhabenen Teil der Klasse aufgefordert
wurde, sich prüfen zu lassen, um Aufwind in die Ergeb-
nisse zu bringen, zögerte er auch keinen Augenblick. Er
ließ sich aber keine Prüfungsfragen stellen, sondern empörte sich über Dr. Orglers Vorgehen bei den vorange-
gangenen Prüfungen. Unter solchen Umständen, sagte
Holl auf englisch, würde er sich nie von Dr. Orgler prüfen lassen. In entsetzte Gesichter schauend, sagte Holl, er
finde es wohl mehr als sonderbar, daß plötzlich bei der
Prüfung von englischer Geschichte die Rede sei. Englische Geschichte sei in Dr. Orglers Unterricht nie vorgekommen. Und schon überhaupt nicht verstehe er, wie

ein Kandidat, den Dr. Orgler bereits vor der Prüfung als hoffnungslosen Fall bezeichnet habe, auf einmal über englische Geschichte Bescheid wissen solle. Holl hoffte, daß die Leute, die Dr. Orglers Willkür zum Opfer gefallen waren, sich nun selber zu Wort melden würden. Sie schienen aber von Holls Protest so überrascht zu sein, daß sie nur zustimmend mit den Köpfen nickten. Fräulein Gärtner, die dem Fußvolk nicht angehörte, sah Holl quer durch die Klasse böse an und bewegte langsam ihren Kopf hin und her, was ihn einen Moment an seine Stiefmutter erinnerte. Derlei Blicke, die er stummes Weibergefuchtel nannte, riefen immer noch eine quälende Wirkung in ihm hervor. Er wich Fräulein Gärtners Blicken aus. Er war darüber, daß er plötzlich aus eigenem Anlaß zu reden angefangen hatte, selber erstaunt. Zu seiner Überraschung wurden seine Vorwürfe jedoch nicht als Kritik an Doktor Orglers Unterricht und Prüfungsauftritten, sondern als persönliche Angriffe auf Dr. Orgler gewertet. Zumindest ließen ihn die Kollegen allein.

Als er nach zehn von der Schule in das katholische Männerhaus zurückkam, hatte er Lust auf ein Buch, in dem die Wirklichkeit, wie er sie kennengelernt hatte, über den Haufen geworfen würde. Ein Buch, in dem z. B. eine gigantische Verschwörung stattfand. Holl hatte es satt, immer Bücher zu lesen, in denen seinesgleichen geknechtet wurde. Er sah nicht ein, warum die Phantasie so schwerfällig hinter der Wirklichkeit zurückblieb, als würde sie wie ein Pflug von der Wirklichkeit hinter sich hergezogen. Er wußte ja, daß er sich in der Früh aus dem Schlaf in das Gefängnis erheben würde, aber in der Nacht kümmerte ihn das nicht. In der Nacht wollte er die Leute, die die Tage emsig und finster machten, zerstückelt wissen. Er suchte und blätterte in seinen Büchern. Viele Bücher, die zu lesen er sich vorgenommen hatte, besaß er noch nicht. Von vielen anderen Büchern hatte er noch gar nicht gehört. Er ging zu Stürzl und sagte, er suche ein

Buch, in dem den Herrschenden ohne lange Begründung der Kampf gemacht werde. Aber es gab kein solches Buch. Weder Stürzl, der zu sagen pflegte, er werde eines Tages in Summerau den Sitz des Weltkommunismus errichten, noch sein Zimmerkollege Torberg hatte ein solches Buch. Alles, was noch irgendwie in die Nähe von Holls Vorstellung kam, war ein Buch von George Orwell über den spanischen Bürgerkrieg. Stürzl und Torberg, der Holls Anwesenheit benutzte, um seine neuesten Gedichte vorzulesen, fanden es auch unsinnig, daß es ein solches Buch überhaupt geben sollte. Schriebe jemand ein derartiges Buch, würde es nie veröffentlicht. Holl wehrte sofort ab und sagte: »Das ist Unsinn. Wenn ihr immer nur sagt, was es nicht gibt und warum es etwas nicht geben kann, bleibt ihr auch immer nur Sklaven und Gefangene.« Er jedenfalls gestatte sich, wenigstens in der Nacht so zu tun, als ob es die Wirklichkeit nicht gäbe.

»Er ist tollwütig«, schrie Torberg und wollte zu einer von seinen langen Erklärungen ausholen, aber Holl winkte ab und sagte, daß er auf seine Erklärungen nichts gebe. Holl, der schon die Türschnalle in der Hand hielt und im Begriff war, das Zimmer zu verlassen, drehte sich noch einmal um und sagte: »Ich kann dir auch erklären, warum ich zu dieser Ansicht gekommen bin.« — »Du«, fiel Torberg ihm ins Wort, »kannst mir nichts erklären.« Worauf Holl, ohne ein Wort zu sagen, zurück in sein Zimmer ging, in dem ihn an warmen Wochenenden nun oft zwei Theologiestudenten besuchten, um einer jungen blonden Frau, die sich einige Häuser entfernt auf dem Fensterbrett ihres Untermietzimmers sonnte, stundenlang mit dem Feldstecher zwischen die Oberschenkel zu starren. In den Straßen rundum war es schon still, und in den umliegenden Häusern brannten kaum noch Lichter. In Zusammenhang mit den vielen Interessen und Vorhaben, die er hatte, fiel ihm erst jetzt auf, daß er sie nur in den Nächten verwirklichen konnte. Die Tage brauche ich zum Leben, die Nächte, um mich zu befreien. Dieser

Erkenntnis wich sogar der Schlaf. Den Tag, der ihm nicht gehörte, verachtete er so sehr, daß er sich von dem Geschehen im spanischen Bürgerkrieg, dessen Ausgang ihn entsetzte, erst gegen vier Uhr losriß.

Mit ihren Berufen kamen sie immer weiter herunter. Stürzl vom Beamten zum Angestellten in der Bauernkrankenkasse und vom Angestellten in der Bauernkrankenkasse zum Hilfsarbeiter bei einer Spedition. Ziller und Holl wollten in einer Leichenwäscherei anfangen und machten sich mit der Vorstellung vertraut, daß ihnen etliche Tage kein Essen schmecken, dafür aber die Arbeit so viel Geld einbringen würde, daß sie sich nach einem halben Jahr zurückziehen und mindestens ein weiteres halbes Jahr nur dem Studium widmen könnten. Aber Ziller bekam im letzten Augenblick einen absagenden Bescheid, so daß auch Holl absagte und sich im katholischen Männerhaus um den plötzlich freigewordenen Hausmeisterposten bewarb. In ein und demselben Haus zu wohnen und zu arbeiten, schien ihm für seine Zwecke ideal.

Ziller, der nebenbei auch noch Bergsteiger war und sich nach dem ersten Studienjahr in den Sommerferien einer Expedition in die Türkei angeschlossen hatte, um dort den Ararat zu besteigen, gelang es, in ein Amt zu kommen, später landete er jedoch bei einer Spedition.

Stürzl, der jede Art von Protektion ablehnte und deshalb lieber schwere Kisten durch Stiegenhäuser hinaufschleppte, warnte Holl davor, den Hausmeisterposten anzunehmen. Damit betrete er bereits den verschlossenen, hinterhältigen Bereich der Gesellschaft, wo Neid, Intrigen und Hintermänner herrschten. Stürzls Einwände, daß allein das Wohnen in einem katholischen Haus das Bewußtsein eines Menschen ständig in Gefahr bringe, tat Holl damit ab, daß er das Haus nur als vorübergehendes Absteigequartier betrachte und nicht vorhabe, sich mit dessen inneren Vorgängen auseinanderzusetzen. Er werde seine Arbeit verrichten und damit Schluß. Von

Feinschmied wolle er jedenfalls schon lange weg. Er sei ja schließlich keine Maschine. An jedem Arbeitstag in der Früh um sechs Uhr unausgeschlafen aufzustehen, mit dem Fahrrad, das er sich einmal gekauft hatte, durch Vorortstraßen in die Industriegegend hinauszufahren und sich am Mittag zu waschen, umzukleiden und mit dem Fahrrad in die Stadt zu hetzen, im Speisesaal des katholischen Männerhauses sich um das Essen anzustellen und nach dem Essen sofort wieder in den Betrieb zu hetzen, das alles war nicht angenehm. Aber das Schlimmste war der Lärm. In den Hallen dröhnten während des ganzen Tages schwere Vorschlaghämmer, kreischten Schweißaggregate und hochtourige Schleifmaschinen, quietschten Stahlbohrer, heulte die Metallkreissäge und dröhnte der Federnhammer. Dieser bis zur Betäubung ansteigende Industrielärm hatte ihn schon am ersten Tag so entsetzt, daß er gleich wieder gehen wollte. Aber jetzt hatte alles durch sein Hineingehen in die Welt des Redens ein anderes Gesicht bekommen. Solange er seinen Blick nur auf die Arbeiter und Feinschmied richtete, solange er nur dachte: Welch ein Wahnsinn! Da hocken wir zusammengepfercht auf Bänken, die nicht einmal Rückenlehnen haben, im Aufenthaltsraum und lassen uns wie Ratten von dieser verfluchten Lärmmaschine aufschrecken und durch den engen Gang in die Hallen hinausekeln, solange war die Erklärung einfach. Er brauchte ja nur das Leben der Arbeiter mit dem Leben von Feinschmied zu vergleichen. Aber jetzt, als er kündigte und anfing, das ausgefaßte Werkzeug, das sich im Laufe der Jahre auf über ein Dutzend Werkzeugkästen verteilt hatte, zusammenzusuchen, da begriff er, daß ja nicht nur Feinschmied auf Kosten der Arbeiter ein aufwendiges Leben führte.

Von Dr. Schenk, der sich als ehemaliger Bauernknecht und Religionslehrer vorgestellt hatte, erwartete Holl, daß er sich zur Welt des Redens einmal äußern würde. Er kam immer mit Schwung in die Klasse. Was Holl sofort an ihm auffiel, war, daß Dr. Schenk nicht in die Welt des Redens paßte. Seine Energien, die nach einer Externistenmatura, nach Universitätsstudium, Heirat und Zeugung von sechs oder sieben Nachkommen immer noch nicht so erschöpft waren, daß er sich mit einem patentierten Erzählerdasein hätte abfinden können, stammten nicht aus der Welt des Redens. Dr. Schenk verwendete den Unterricht dazu, um von seiner Familie und den Büchern, die er gerade las, zu erzählen.

Sein stets wachsender Fortpflanzungsbetrieb hinderte Dr. Schenk nicht, bis in die frühen Morgenstunden zu lesen und neben seinem auf mehrere Schulen verteilten Erzählerdasein ein zweites Akademikerpatent anzustreben, um sich später auf einen begehrten Landesschulratssessel zu schwingen. Holl, der sich aufgrund der Befürchtungen, auch auf der Universität nur in geistiges Elend zu geraten, um die Lächerlichkeit, in die er sich verstrickt sah, zu überleben, wieder mit Selbstmordplänen befaßte, hörte Dr. Schenk lange zu. Dr. Schenk bezeichnete sein Erzählerdasein als eine Art Lebensberatung. Er sprach davon, daß die Seele eines Straßenkehrers im Jenseits einen anderen Platz einnehme als die eines Hochschullehrers, daß aber für die Gesellschaft der Straßenkehrer genauso wichtig sei wie der Hochschullehrer. Zu Eheschließungen rate er allein deshalb schon, weil der eheliche Geschlechtsverkehr ein erlaubter sei und deshalb genußvoller als der nichteheliche. Einmal konnte Holl sich nicht mehr halten. Er wollte endlich alle Jenseitsvorstellungen beseitigt wissen. Und er war auch ein gutes Stück weitergekommen, indem er nicht mehr rätselte, ob es einen Gott gebe oder nicht, sondern sich vorzustellen versuchte, was außer einem verwesenden Körper nach dem Tod von Dr. Schenk übrigbleiben könnte. Holl durchdachte sein eigenes Leben bis zu den frühesten Kindheitserinnerungen zurück und versuchte sich immer wieder vorzustellen, er hätte nie das Wort Seele und nie das Wort Gott gehört. Allmählich entdeckte er auch, daß das verschwommene Bild der unsterblichen Seele benötigt wird, um darauf die Vorstellung von einem Weiterleben im Jenseits aufzubauen. »Das ist ja der reinste Materialismus«, rief Doktor Schenk entsetzt, als Holl sagte, es gebe keine Seele, sondern nur Beschwörungen. »Die Summe aller Seelenbeschwörungen«, sagte Holl, »haben mir lange mein Leben verfinstert. Ihre unsterbliche Seele, von der Sie so oft sprechen, ist nichts anderes als ein Gefängnis, das die Pfaffen schon den Kindern anhängen.« — »Was Sie verbreiten, ist Materialismus«, rief Dr. Schenk vorwurfsvoll. Holl aber ging darauf nicht ein. Er wußte nicht, was Materialismus zu bedeuten hatte. Holl lachte ein wenig. Es war dieses seltsame Lachen, das er immer hatte, wenn ihm vorkam, er sei im Recht. Ein Lachen, bei dem es ihm den Mund verzog. Diesmal verzog es ihm den Mund noch mehr, weil er zu seiner Genugtuung sah, daß sich auch der Sozialist und der Nietzscheverteidiger zu Wort meldeten. »Sie leben auch gar nicht, als ob Sie eine unsterbliche Seele hätten, sondern nach den Möglichkeiten, die sich Ihnen anbieten. Ohne Seelenbeschwörer keine unsterbliche Seele. Ohne unsterbliche Seele kein Jenseits. Ich glaube Ihnen kein Wort.« — »Das ist Materialismus«, sagte Dr. Schenk wieder, aber nicht zu Holl, sondern zu den anderen, so als wäre es deren Aufgabe, sich mit Holl auseinanderzusetzen. Die rührten sich aber nicht, sondern warteten, was der Nietzscheverteidiger und der Sozialist vorbringen würden. Am Schluß der Stunde wandte sich Dr. Schenk noch einmal an Holl und sagte, sobald er Zeit habe, werde er ausführlich mit ihm über das Vorgebrachte reden. Darüber freute sich Holl und hoffte, dann auch tatsächlich mit ihm sprechen zu können, denn eigentlich wollte er mit Dr. Schenk nicht über unsterbliche Seelen reden, sondern über dessen Unbehagen in der Welt des Redens, das er durch sein frisches, unbekümmertes Auftreten zu überspielen versuchte. Zwischendurch machte er sich ja wieder über katholische Praktiken lustig und sprach sich gegen das überhebliche Gehabe von Lehrern aus, deren Überlegenheit gegenüber dem Schüler nur darin bestehe, daß sie den Schüler mit Wissen überrumpeln. Auch von dem, was Theologen nachträglich über das nationalsozialistische Regime dachten, was überzeugte Christen hätten tun sollen, um es zu verhindern, sprach Dr. Schenk. Einmal sprach er sogar von der Notwendigkeit des Tötens.

Im katholischen Männerhaus, durch dessen Gänge Holl einmal mit dem früheren Sekretär, der ihm manchmal verloren und schüchtern in einer Straße begegnete, so ängstlich geirrt war, tobte kein Maschinenlärm. Er bekam allein ein Zimmer, konnte mindestens eine halbe Stunde länger schlafen, hatte die ganze Mittagspause für sich, brauchte sich nicht mehrmals am Tag umzukleiden und langen Waschungen zu unterziehen. Und er wußte auch, daß er sich auf ein Experiment eingelassen hatte. Das Experiment bestand darin, ob er mit dem Geschäftsführer auskommen würde. Der letzte von Holls vier Vorgängern hatte, bevor Holl seinen Dienst antrat, dem Geschäftsführer durch die offene Tür den Schlüsselbund ins Büro geworfen. Keiner von den Vorgängern hatte es länger als drei Monate ausgehalten. Holl, der das katholische Männerhaus noch von früher her kannte, dachte, daß er einfach seiner Arbeit nachgehen und sich nicht um die Intrigen, die unterm Personal herrschten, kümmern würde. Aber der Geschäftsführer, eine gestörte Existenz, der sich vom Erzieher zum Internatsleiter hochgedient hatte, dachte anders. Für ihn war Holl einfach eine Arbeitskraft, die sich jederzeit ersetzen ließ. Als er seine Stelle im katholischen Männerhaus antrat, war das erste, was er tat, daß er Werktätige, die in diesem Haus fünf Jahre und länger gewohnt hatten, hinauswarf, so daß er sich abends bald nicht mehr aus dem Haus wagte, berechtigterweise, denn die Fenster seiner Wohnung wurden oft in der Nacht mit Steinen und Flaschen eingeworfen. Es genügte ihm aber nicht, außerhalb des Hauses Feinde zu haben, er verfeindete sich auch im Hausinnern. Er spionierte den Bewohnern nach, führte Zimmervisiten durch, kontrollierte die Lehrlinge und ihre Erzieher, trieb das Personal an, beklagte sich über Einsamkeit und zog einen plötzlich ganz offen über sein Konkurrenzverhältnis zum katholischen Geistlichen ins Vertrauen.

Holl, der den Geschäftsführer nicht ernst nahm, dessen Vorgesetzten nicht leiden konnte und solche Zustände nur mehr zum Lachen fand, riet ihm nicht nur einmal, daß es besser wäre, sich nur aufs Ausbeuten von Personal und Unterdrücken von Heimbewohnern zu verlegen. Dann habe er zwar das ganze Haus gegen sich, aber durch die Institution einen einwandfrei gedeckten Rücken, was er im Augenblick nicht gerade von sich behaupten könne.

Die Sekretärin, die hin und wieder mit wichtigen Vertretern der Welt des Redens zu verkehren schien, gab Holl zu verstehen, daß der Geistliche ihn vor dem Geschäftsführer in Schutz nehmen würde. Ich brauche doch keinen Schutz, dachte Holl. Ich verrichte meine Arbeit und damit Schluß. Er ging wortlos aus dem Büro, dem Vorzimmer des Geschäftsführers und ärgerte sich über den Antrag. Ich verrichte meine Arbeit und damit Schluß. Ich kehre den Gehsteig, wische Böden auf, putze Fenster und erledige die Reparaturen, die anfallen. Was soll ich mich da lange in Schutz nehmen lassen?

In vielen Zimmern, in denen Arbeitende aller Berufe gewohnt hatten, wurde auf Musikinstrumenten geübt, klapperten die Schreibmaschinen der Studenten. Leute wie Ernst August, die kein anderes Ziel hatten, als sich im Arbeitsprozeß zu behaupten, hatten nach und nach mit ihren Koffern die Flucht ergriffen. Die wenigen Werktätigen, die vereinzelt zwischen Studenten und Schülern wohnten, trauerten dem Geistlichen Wimmer nach, den der katholische Apparat zu Fall gebracht und in eine Bauerngemeinde versetzt hatte.

Holl erinnerte sich noch genau, wie zwei Arbeiter in den alten Speisesaal kamen und den angstgebleichten Geschäftsführer aus einer Gruppe von Beschützern hervor- und auf den Gang hinauszerren wollten. Sie wurden nicht aus irgendeinem Haus hinausgeworfen, sondern aus ihrem eigenen, einem Haus, das wie in anderen Städten für umherziehende Handwerksgesellen gegründet worden war. Sie traten Türen ein und schrien Verwünschungen durch die Gänge. Von einem zappelnden Menschen aus dem eigenen Haus geworfen zu werden, mußte sie wahnsinnig machen. Der vom Apparat neu eingesetzte Keuschheitspolitiker, der nach außen hin so tun mußte, als würde er im Sinne des Hausgründers dessen Werk weiterführen, ging, während der Geschäftsführer säuberte, bergsteigen und gab, als er zurückkam, nur lautes Gelächter von sich, womit der eingeschüchterte, im Haus verbliebene Rest von Werktätigen nichts anzufangen gen wußte.

Wacher, der neue Keuschheitspolitiker, kam hin und wieder mit seinem rohen Gelächter, mit dem er weltlich zu wirken versuchte, auf Holl zu und unterstellte ihm ein unbekümmertes Interesse an der Arbeit, so als wäre er von Geburt an davon besessen gewesen, für andere ein nützliches Werktätigendasein zu fristen, verdrückte sich aber jedesmal bald; je lächerlicher die Handgriffe, um so schneller. Bei den ersten näheren Begegnungen mit Wacher überlegte Holl, ob er ihn nicht darüber aufklären sollte, daß eigentlich jeder Mensch der Arbeit aus dem Weg gehen könnte. Daß es die Arbeit gibt und daß es die Menschen gibt und daß die Zuschauertribünen auch einmal weggerissen werden könnten. Hier, in der Umgebung von Bürgern, hinter deren Hunden er nach dem Frühstück den Kot vom Gehsteig kehren mußte, hatte Holl allmählich gelernt, daß sich ein Arbeiter, der sich unter die Bürger verirrt, ziemlich lächerlich vorkommt. Er kam bald zur Auffassung, daß es keinen Sinn hat, sich mit einem Menschen, der sein ganzes Leben geübt hat, der Arbeit aus dem Weg zu gehen, darüber zu unterhalten, ob diese aus Zwang oder freiem Willen getan wird. Spöttisch pflichtete er Wacher bei, daß die Arbeit tatsächlich viel interessanter sei, als es sich Menschen, die aus irgendwelchen Gründen keine Möglichkeit hätten, an sie heranzukommen, vorzustellen vermöchten. Wenn er bedenke, welche Einblicke ein Außenstehender, ein Außenseiter, der dem Arbeitsleben nur als Zuschauer näherkomme, in technische Vorgänge nicht erhalte, habe er manchmal Angst, die Zuschauer könnten sich plötzlich betrogen fühlen.

»Im Englischunterricht befassen wir uns nicht mit englischer und amerikanischer Literatur, sondern lernen vom Aufstieg amerikanischer Großkapitalisten. Und womit befassen wir uns in Latein? Mit Cäsar und seinen Eroberungskriegen. Und Sie selber erzählen uns, daß ein Krieg etwas Schreckliches sei.« Durch den Geschichtsunterricht, in dem in einem fort von Herrschern die Rede war, wuchs in Holl ein unaussprechlicher Widerwille gegen alles, was mit ihnen zusammenhing. Es war ihm immer noch unverständlich, daß Sklaven ihre Herren und Herrinnen nicht einfach erdolcht hatten. Spartakus, für den er sich so begeisterte, daß er sich um alles in der Welt in dessen Zeit hätte zurückversetzen lassen, um sich am Sklavenaufstand zu beteiligen, überragte für ihn das ganze römische Imperium. Mit Entsetzen hatte er im Geschichtsunterricht zugehört und gespürt, wie geradezu eine Lawine von Herrschern auf ihn zukam. Er sträubte sich, nur von ihnen zu hören, aber der Geschichtsunterricht brach über ihn herein, so als ob er schon zu den Verschütteten der Geschichte gehörte, so als ob die Auslassungen der Geschichtsschreiber noch immer nur zum Spaß verbissen ihrer Arbeit nachgingen. Da Holl immer noch keine Zeit hatte, um dem nachzugehen, was ihm die Geschichtslehrer verschwiegen hatten, wehrte er sich wenigstens jetzt gegen die gröbsten Fahrlässigkeiten. Er wollte öffentlich reden, aber der Lateinlehrer führte ihn nach dem Unterricht in ein leeres Klassenzimmer. Dr. Weislinger war schon im Rentenalter, bezog aber noch keine Rente, weil er viele Jahre in den USA gelebt und in einen privaten Pensionsversicherungsfonds, dessen Gelder abhanden gekommen waren, eingezahlt hatte. Er fragte Holl in gütigem Ton, ob er in letzter Zeit krank gewesen sei. Ob er unter Depressionen leide. »Sie sollten vielleicht einen Arzt aufsuchen. Haben Sie Schwierigkeiten mit Ihrer Familie?« – »Die Fragen, die Sie mir stellen«, sagte Holl, »überraschen mich nicht. Aber da Sie nun schon einmal so heimlich mit mir reden, kann ich Ihnen auch sagen, daß meine Hausübungen, die Sie schon seit längerer Zeit immer negativ bewerten, nicht von mir stammen, sondern von einem, der schon acht Semester an der Universität Latein studiert. Wie Sie wissen, hat sich bei den Schularbeiten herausgestellt, daß Sie nicht zwischen leicht und schwierig zu übersetzenden Texten unterscheiden können. Ich sehe ein, daß Sie zu einer Pension kommen wollen.« Eigentlich wollte Holl Rente sagen, aber die plötzliche Blässe im Gesicht des Lateiners bewog ihn, auf diese Unterscheidung zu verzichten. »Aber Ihre Person macht einigen Leuten ziemliche Schwierigkeiten. Die wissen nicht, was sie anstellen sollen, um sich in Ihrem Bewertungssystem zurechtzufinden. Mir machen Ihre Bewertungen nichts aus, solange sie meine Hausübungen und Vorbereitungen betreffen. Aber insgesamt hat Ihr Bewertungssystem nach Prozenten den Vorteil, daß es verwirrt.«

»Ja, wollen Sie denn damit sagen, daß ich ungerecht bin?« – »Wenn es mir darum ginge«, sagte Holl lachend, »hätte ich dieses Machwerk von Schule nie betreten dürfen. Klarheit, Herr Professor, ist mir lieber. Wie könnten Sie auch gerecht sein? Wenn jemand gerecht ist, dann Steiger, der nicht versteht, warum Sie seine Schularbeiten immer durchschnittlich positiv benoten, im Zeugnis bewerten Sie ihn aber negativ. Bei mir machen Sie es umgekehrt. Zeugnis durchschnittlich positiv, Schularbeiten und Hausübungen immer negativ. Eigentlich müßte es in dieser Schule ein eigenes Fach geben. Nämlich für das Überstehen von Irritationen. Ich kann mir helfen, weil ich Studenten kenne. Aber Steiger reagiert auf Ihre Bewertungen nur mehr mit diesen wegwerfenden Handbewegungen, die auf hoffnungslos verworrene Zustände deuten. Steiger muß in der Früh um halb fünf aus dem Bett und kommt gegen Mitternacht nach Hause, fast zwei Stunden seines Werktages verbringt er im Zug, in dem er zur Arbeit und nach der Schule zu seinem Wohnort zurückfährt. Steiger arbeitet in einem Kesselwerk, in dem den ganzen Tag elektrische Lichtbogen grellen und blitzen, in dem Bohrmaschinen quietschen, hochtourige Kreissägen und Schleifmaschinen in Betrieb sind, Vorschlaghämmer gegen Kesselwände geschleudert werden. Den ganzen Tag schweben über dem Betonboden giftige Dämpfe. Ich will Sie, Herr Professor, mit den Schilderungen einer sinnezerstörenden Umgebung nicht lange belasten. Was ich vorbringe, ist natürlich kein Bildungsgut. Und schon gar nicht ein klassisches. Aber es hat mit Ihrer Existenz zu tun.« Bei dieser Behauptung zuckte der Lateiner, der zuvor einen Augenblick erleichtert aufgeatmet hatte, wieder zusammen, als befürchte er eine neuerliche Anschuldigung. Die dünnen knöchrigen Finger, die den Griff der für sein Alter viel zu großen und schweren Tasche, die er neben sich auf den Tisch gestellt hatte, umklammerten, zitterten. Seine Augen glitzerten. Ob sie Betroffenheit, Angst, Verbitterung, Demütigung oder alles zusammen ausdrückten, konnte Holl nicht unterscheiden.

»Mit meiner Existenz?« entfuhr es ihm. »Was wollen Sie damit sagen?«

Holl mußte lachen. »Ich habe Sie wegen Cäsar angegriffen. Die Selbstverständlichkeit, mit der Sie uns mit seinen Feldzügen beschäftigen, finde ich mehr als komisch, wenn ich denke, daß Sie für Ihre Tätigkeit aus Steuergeldern bezahlt werden. Die Menschen, die Sie unterrichten, sind bis auf den Adeligen alle berufstätig. Alle bis auf den Adeligen zahlen Steuern. Aber behandelt werden wir wie Kinder, die sich nicht wehren können. Der einzige, der sich nach unseren Berufen, Geburtsorten und überhaupt nach unseren Leben erkundigt, ist der Trinker. Der Trinker macht das aber auch nur, wenn ihm zwischen Tagesschulschluß und Abendschulbeginn keine Zeit bleibt, um sich in den ›Wienerwald‹ zu setzen, weil der Trinker nüchtern nicht unterrichtet. Die Befragungen, die der Trinker in seiner quälenden Nüchternheit unternimmt, benützt er, um sich über Namen, Berufe, Ortschaften und Landstriche lustig zu machen. Ich sehe auch ein, Herr Professor, daß die Lehrer, die sich in diesem Machwerk für Volksbildung niedergelassen haben, gar nicht die Kraft aufbringen, zu hören, was ihre Schüler sich an den Arbeitsplätzen gefallen lassen müssen. Aber der Stumpfsinn und der Ekel an den Arbeitsplätzen sind es, Herr Professor, von denen Sie und Ihre Kollegen nichts wissen wollen, die uns in dieses Gebäude hereintreiben und Ihnen und Ihren Kollegen Arbeitsplätze verschaffen. Ihre elende Existenz hängt sehr wohl mit dem elenden Dasein von Emil Steiger zusammen. Herr Professor«, sagte Holl beschwörend, »begreifen Sie denn nicht, daß meine Kollegen und ich Ihre Existenzgrundlage sind?«

Dr. Weislinger, der im Machwerk für Volksbildung ein ähnliches Gnadendasein fristete wie Lexer unterm Kommando des Lagerleiters, tobte eine Weile mit wäßrigen Augen, daß er es nicht nötig habe, sich in seinem Alter von einem Schüler als »elende Existenz« hinstellen zu lassen. Er gebe ja zu, daß ihm die Probleme der Menschen, die diese Bildungsanstalt für Erwachsene besuchten, nicht vertraut seien, aber das sei noch lange kein Grund, in einem derartigen Ton mit ihm zu reden. Der geheimen Unterredung machte schließlich der Pedell, der noch alle Klassenzimmer für den Tagesschulbetrieb vorbereiten mußte, ein Ende. Holl, der in Dr. Weislinger, den Lorz den »Institutionenirrfahrer« nannte, zum Teil ein Opfer seines langen Amerikaaufenthaltes sah, bat ihn im Hinausgehen um Verzeihung. Der Einfachheit halber nahm er den Ausdruck »elende Existenz« zurück und verzichtete auf die Erklärung, daß er das Wort im philosophischen Sinne verstanden haben wollte. Auch tat er, als hätte ihm der Sohn des Trinkers, dem der Trinker Kost und Logis, aber keinen Groschen Taschengeld zukommen ließ, nie von dem gefürchteten Lateinerdasein in den jungen Jahren dieses nun gebrochenen, mit einem jämmerlichen Verstand in seine Heimat zurückgekehrten Mannes erzählt. Ihn von seinem Bewertungssystem abzubringen, schien Holl dringender. Der geistig verkrüppelte Akademiker, der Mühe hatte, von dem Gewicht seiner großen, schweren Tasche nicht seitlich auf den Boden gezerrt zu werden, nahm die versöhnende Bitte um Verzeihung des schon von Kind auf irrenden und suchenden, zum proletarischen Menschen gemachten Holl dankbar an. Holl begleitete ihn zum Würstelstand, neben dem sich die Bushaltestelle befand. Als sich herausstellte, daß zu dem noblen Viertel, in dem Dr. Weislinger in einer Mansarde in Untermiete wohnte, kein Bus mehr fuhr, vollbrachte er noch einmal ein kurzes Gezappel und ließ sich dann mit den Worten, daß es im Leben auf eine Dummheit mehr oder weniger auch nicht ankomme, auf Holls Vorschlag, mit ihm ein Lokal aufzusuchen, ein.

Manchmal wußte Holl gar nicht mehr, mit wem er sich unterhalten sollte. Stürzl, mit dem er sich politisch immer besser verstand, schüttelte zu allem, was um ihn vorging, nur mehr verständnislos den Kopf. Seine flüchtigen Auftritte im Haus der Kommunisten wurden immer aggressiver. Angeekelt rannte er heraus auf den Gehsteig und sagte: »Diese jungen Leute sind eine Katastrophe. Kaum haben sie begriffen, daß Unternehmer Ausbeuter sind, verschränken sie schon die Arme über der Brust und lächeln zufrieden, weil ihnen vorkommt, sie wären schon zu einem neuen Verstand gekommen. Das ist ja ganz nett, daß sie alles lesen, was aus Moskau kommt. Was Ost-Berlin und Leipzig schickt, lesen sie alles. Aber sie haben keine Person. Ein Kommunist muß auch zusehen, daß er zu einer Person kommt. Ich bin ja nicht Kommunist«, schrie Stürzl im Autolärm einer langen Unterführung, »um Kommunist zu sein, einfach weil ich mir gedacht habe, Kommunist wäre noch das Richtigste, sondern weil ich ein Mensch sein möchte und später einmal als Mensch existieren will. Das verstehen die aber nicht, im Gegenteil, schulen möchten sie mich. Umschulen. Auf ihren Bewußtseinsstand hinunterschulen. Ich bin auch dagegen, daß sie immer im Haus herumhocken und sich alles mögliche von den eingesessenen Parteimitgliedern erzählen lassen. Zu viel aus der Geschichte unserer geschlagenen Kämpfe erzeugt ein stumpfsinniges Gefühl im Kopf. Da hilft nichts wie weg und an sich arbeiten. Bei diesen Zugriffen, denen heute ein Mensch ausgesetzt ist, muß man seine Person in Sicherheit bringen, damit man sie dann, wenn die Menschen sehen, daß der ganze Selbstbedienungsladen zusammenkracht, schnell bei der Hand hat.« In der Schnelligkeit, in der Stürzl, der Holl nie aufforderte, mit ihm in das Haus der Kommunistischen Partei zu gehen, das Haus betrat und wieder verließ, kam Holl kaum über Begrüßungen und das Durchblättern von Zeitschriften hinaus. Es schien ihm auch, als wären da die Menschen noch weiter von ihm entfernt als anderswo. Als er Stürzl einmal fragte, wie er das überhaupt aushalte, seine ganze Freizeit im Zimmer bei Studien zu verbringen, sagte dieser nur, daß er keine andere Wahl habe. Er hatte etwas Abweisendes, wenn Holl oder Ziller zu ihm ins Zimmer traten, ließ sich aber meistens doch zu einem Kino- oder Lokalbesuch überreden.

Stürzl war als einer der ganz wenigen mit einer antiklerikalen Gesinnung in das katholische Männerhaus eingezogen und machte kein Hehl daraus, daß er sich mit

Kommunismus befaßte. Er stammte aus einer armen, katholischen, kommunistenfeindlichen Gegend, aus Summerau, einem kleinen Dorf nahe der tschechischen Grenze. Lemmer, der Sohn eines Mannes, der zu Lebzeiten in Deutschland für eine große Tageszeitung Leitartikel geschrieben hatte, ging oft schwankend auf ihn zu und prophezeite ihm, daß mit den Kommunisten aufgeräumt würde.

Was Holl immer wieder bewog, Stürzl aufzusuchen, war dessen Unbeirrbarkeit. Vieles an ihm wirkte lächerlich. Sein Abstieg zum Kistenschlepper. Seine Schüchternheit beim Betreten des noblen Lokals, in das Ziller und Holl ihn manchmal hineinekelten, um ihn mit bürgerlichem Kaffeehauspublikum zu ängstigen. Seine Lernversuche mit Kopfhörer und Tonbandgerät. Über die Zustände an der Handelsakademie, die er am Abend besuchte, redete er kaum. Aber die mit lachendem Gesicht vorgebrachte Behauptung, er werde in Summerau den Sitz des Weltkommunismus errichten, wirkte nicht ganz lächerlich. Lemmer, der immer deutlicher von seiner Zugehörigkeit zum Bürgertum und seinen Absichten, den Marxismus zu bekämpfen, sprach, bezeichnete Stürzl als gefährlichen Gegner. Holl fühlte sich Stürzl gegenüber unterlegen, weil dort, wo Holl hineintorkelte, Stürzl erst gar nicht hinging. Holl war voller verdrängter Gefühle, die sich gegen seinen Verstand und gegen seinen Willen durchsetzten. Der hauptsächliche Unterschied zwischen ihm und Stürzl war, daß Stürzl die Stadt bewußt, mit einem fernen, aber klaren Ziel betreten hatte, wogegen Holl irgendwelchen Angaben aus der Zeitung, irgendwelchen Vermutungen, die Landbewohner von der Stadt hatten, gefolgt war. Zum Teil waren es auch Wunschbilder, die er sich als Kind ausgedacht hatte. Arbeiterverräter durfte es nach seiner Vorstellung einfach nicht geben. Lehrer, wie er sie kannte, durfte es nicht geben. In seiner Angst, zu nichts auf der Welt ja sagen zu können, klammerte er sich an die Vorstellung, daß wenigstens die Universität von Lächerlichkeiten frei sei. Ein Notgedanke dazu war noch, daß er auf der Universität die Tage sitzend verstreichen lassen würde. Einmal nur im Intelligenzzentrum der Welt des Redens hocken. Die Möglichkeiten, zu fliehen und zu wechseln, hatte er ziemlich erschöpft. Von einer fernen Existenz im Ausland hielt er nichts mehr. Das war ihm zu persönlich. Er konnte persönliches Glück oder Unglück nicht leiden. Adressen von Entwicklungshelferorganisationen hatte er im Zimmer liegen, als letzte Notlösung. Dabei dachte er aber mehr an die Möglichkeit, sich einem Revolutionskommando anzuschließen.

Gleichzeitig war er voller Sentimentalitäten für und gegen die Stadt. Ging er doch oft an Sommerabenden allein spazieren, um sich ihrem Beleuchtungszauber hinzugeben. Innerhalb eines Atemzuges konnte es passieren, daß er die Faust gegen die längst von den Erzbischöfen und dem erzbischöflichen Hofgesindel verlassene Befestigungsanlage schüttelte, weil ihm am Beispiel der Geschichte vom letzten Stier, den verschanzte Befestigungsverteidiger mehrmals gewaschen und verschieden gefärbt hatten, um eine ausreichende Versorgungslage vorzutäuschen, die die aufständischen Knechte und Bauern zum Aufgeben und Abziehen veranlassen sollte, plötzlich wieder die Dummheit der ganzen Stadt bewußt wurde. Überall in der Stadt wurde diese Geschichte erzählt. Holl trug immer noch die gleiche Tracht wie der Scheinwerferzertrümmerer, Dr. Loch, Lorz, der kleine Faschist, Wirte, Universitätsprofessoren und viele Kellner im Dienst sie anhatten.

Durch den sehbehinderten Lackner, mit dem Holl viele Nächte herumzog, lernte er Lokale kennen, in denen sich geschlagene und verzweifelte Existenzen herumdrückten.

Holl war ein großer Anhänger von sinnlosen Gängen. Oft ließ er sich von Lackner zu einem Lokal führen und dabei mehrmals die Serviererinnen beschreiben, mit denen Lackner etwas ausgemacht haben wollte. Holl wußte jedoch im vornherein, daß der Gang umsonst sein würde. Lackner konnte die Leute nur aus ganz geringer Entfernung unterscheiden und verwechselte oft wegen der gleich langen Haare Männer mit Frauen. Derlei Ungenauigkeiten amüsierten Holl, und er ruhte sich dabei von seinen eigenen Irrgängen aus. Überdies hatte Holl in Lackner auch einen bereitwilligen Zuhörer für sein Loch-Entführungsprojekt, von dem er neuerdings gern sprach, weil er bei der Vorstellung, wie furchtbar beleidigt der ehrsüchtige, zutiefst katholische und schamhafte Erwachsenensekkierer hinter einem Bretterverschlag schweigen würde, eine angenehme Unterhaltung fand.

Geradezu aggressiv waren die glücklichen Gesichter, die einen überall von den Plakatwänden herunter anstarrten, immer im Zusammenhang mit Produkten. Die Gesichter der Politiker wirkten dagegen verloren und harmlos, denn sie waren allein. Sie hatten kein Glücklichmachprodukt neben sich stehen und wirkten deshalb lächerlich. Die Politiker waren nur als Menschen auf den Plakaten, als eine längst überflüssige Belästigung. Sie störten das Freizeitglück, das die Agenturen immer wirksamer verbreiteten. Die Natur konnte verschmutzen, verstummen und sterben, wie sie wollte, von den Agenturen wurde sie einfach in ihrer ganzen Frische an die Wand geprangert. Dieses Glück war da, wurde wahrgenommen, die Menschen konnten nicht ununterbrochen an ihm vorbeigehen und es sich ununterbrochen aus ihren Köpfen denken. Ihr Verbrechen an der Natur und am Bewußtsein der Menschen betrieben die Agenturangestellten auch so lautlos, daß niemand gegen sie als Verbrecher vorging. Ihr Einschleichen in die Gehirne der Menschen, das sie immer schneller mit allen Mitteln betrieben, war auch nicht neu, denn in den Hinterhalt war die arbeitende Bevölkerung immer schon geführt worden.

Schon allein deshalb, weil Holl in der Welt des Redens mehr und mehr auf Widerstand stieß und weil er nicht vorhatte, neben dem Nietzscheverteidiger, der immer vom Verlust der Werte sprach, eine Art Alleinunterhalterrolle zu spielen, zog er sich immer öfter in die Mechanikerbar zurück, um sich in ihr auszuruhen. Die Menschen, die er in der Mechanikerbar antraf, waren wirklich. Hilda, eine zahnlose Münchner Prostituierte, die die Leute hundertmal mit dem Finger antupfte und in einem fort »du, zahl mir Wein« sagte, war für alle eine zahnlose Münchner Prostituierte und sonst nichts. Die Zuhälter, die in der Mechanikerbar verkehrten, waren Zuhälter. Keiner der Zuhälter gab vor, etwas anderes als Zuhälter zu sein oder versuchte irgendwelche Ausreden, warum er einer geworden sei. Die Mechaniker saßen und lehnten in ihren verschmierten Arbeitsgewändern herum. Da, in der Mechanikerbar, hockte auch der pensionierte Fahrradmechaniker Alois Stecher, machte Witze und führte ganz unbefangen Gespräche. Niemandem in der Mechanikerbar wäre es in den Sinn gekommen, daß der pensionierte Fahrradmechaniker Alois Stecher nicht der pensionierte Fahrradmechaniker Alois Stecher sein sollte. Holl fand ihn sogar aufgeschlossen und nicht, wie ihm dessen Sohn angedeutet hatte, daß er ein vulgärer Mensch sei. Alois Stecher freute sich, als Holl ihm sagte, daß er seinen Sohn kenne.

Die Mechanikerbar, die Holl durch Lackner kennengelernt hatte, war klein und den allgemeinen Vorstellungen entsprechend auch schmutzig und mit nicht zuviel Licht ausgestattet. Das Licht reichte aber aus, um kleingedruckte politische Schriften, die die Gesellschaft immer verräumen und verstecken ließ, zu entziffern. Als Waffe gegen Langeweile und Stumpfsinn trug Holl schon lange Bücher mit sich herum, aber in der Mechanikerbar kam er kaum zum Lesen, denn die Mechanikerbar lebte. Alle Gegenstände in ihr waren abgegriffen und klebten. Stuhl und Tischbeine wackelten. Vor dem einen Barhocker mußte die Serviererin immer warnen, daß man auf ihm nicht sitzen könne. Es wäre einfacher gewesen, ihn wenigstens wegzuräumen, aber niemand, weder Maria noch die Wirtin oder jemand von den Gästen, die einander ohne Umschweife ihre Probleme erzählten, räumte den kaputten alten Barhocker weg, so als hätte auch er ein Recht zum Weiterexistieren. Erneuert wurde lediglich das Glas in der Tür, wenn wieder einmal einer durch die Scheibe auf den Gehsteig hinausgeworfen wurde. Das machten die Leute aber nur untereinander, wenn sie offene Rechnungen zu begleichen hatten oder wenn einer grob gegen die ungeschriebenen Gesetze der Bar verstieß, die die tolerantesten waren, die Holl überhaupt kannte. In der Mechanikerbar herrschte eher die Ansicht, daß protestiert werden müsse. Über Politik wurde entweder gründlich oder überhaupt nicht gesprochen. Holl fand es schon überaus wohltuend, als er entdeckte, daß in dem länglichen, verrauchten Raum nicht die geringste Vorstellung von Ordnung herrschte.

Besonders aufregend fand er die Zusammenkünfte der entlassenen Häftlinge. Sie saßen meistens im hinteren Teil der Bar, redeten und lachten über die Urteile, die ihnen die Justiz verpaßte. Ihre Staatsanwälte und Richter kannten sie schon so gut, daß sie von ihnen wie von einem Zahnarzt oder Schneider, den man nicht mehr wechselt, redeten. »Mein Staatsanwalt braucht mich nur zu sehen, und schon habe ich wieder ein Jahr am Rücken«, sagte ein entlassener Häftling und brach mit den anderen in schallendes Gelächter aus. Die entlassenen Häftlinge, die in der Mechanikerbar verkehrten, redeten nicht mehr über Recht oder Unrecht, sondern schilderten einander das Geschrei und die Gesten, mit denen sie immer wieder von der Gerechtigkeitsmaschinerie empfangen wurden. Der Zuhälter, der die Kunstakademie verlassen hatte, rief ihnen »Nieder mit der Klassenjustiz« zu. »Nieder schon«, riefen zwei entlassene Häftlinge zurück, »aber wir sind im Gefängnis zu

Hause.« Ein junger Mechaniker zog die abgemagerte Hilda, die den pensionierten Pensionsversicherungsangestellten so lange mit dem Finger antupfte, bis er ihr ein Glas Wein zahlte, am Oberarm vom pensionierten Pensionsversicherungsangestellten weg, umarmte sie und küßte sie auf ihren zahnlosen Mund. Menschen mit den verschiedensten Dialekten gingen aus und ein und konnten auch in ihren Dialekten reden, ohne daß jemand sie nachäffte. Die Wirtin stammte aus Graz, die Servierin aus einem niederösterreichischen Dorf.

In der Mechanikerbar wäre niemand auf die Idee gekommen, mangelnde Deutschkenntnisse zu zusätzlichen Einnahmequellen zu machen. In der Mechanikerbar war es auch nicht so, daß die Leute nüchtern ankamen und mit Räuschen weggehen mußten, im Gegenteil, sie beschützten einander vorm Verkommen. Sobald sie sahen, daß ein Mensch merklich abrutschte, wurde er gestellt und mußte sich rechtfertigen. Lange war Holl damit beschäftigt, sich zu erklären, warum er Hunderte Male achtlos an dieser Bar vorbeigegangen war. Er hatte immer ganz in ihrer Nähe gewohnt, aber da war er selber noch auf dem Weg, ein Klassenverräter und Faschist zu werden.

In den Bordellen hatten sich schon Feinschmiedsche Kriterien durchgesetzt. Nicht nur einmal mußte sich Holl einer Prostituierten gegenüber verteidigen, daß er weder Jugoslawe noch Türke sei, weil er nämlich mit südländischer Herkunft den doppelten Tarif hätte bezahlen müssen.

Jeden Morgen gingen Studenten, Universitätsprofessoren, wissenschaftliche Hilfskräfte, Sekretärinnen, Assistenten an ihm vorbei. Manche redeten sogar mit ihm. Das Haus, in dem Holl jetzt arbeitete, war von Studenten und einigen Assistenten und Professoren bewohnt. In einem Teil des Hauses waren vorübergehend Institute der Universität untergebracht. Der Arbeitsplatz, den Holl da einnahm, war nicht frei gewesen, sondern hatte erst für ihn freigemacht werden müssen. Vor einem Jahr hätte er sicher nicht mitgemacht, aber durch den Gang der Intrigen im katholischen Männerhaus war er zu einem Menschen geworden, der Unrecht zwar sieht, aber dazu schweigt. Im katholischen Männerhaus hatte er noch gesagt, er mache es nicht wie seine Vorgänger, daß er sich schikanieren und schließlich aus dem Haus ekeln lasse, sondern gehe zum Arbeitsgericht, worauf ihm sofort Arbeitsplatz und Quartier gekündigt worden waren, aber da schwieg er und sah zu, wie einem Mann mit Frau und zwei Kindern die Arbeit genommen werden sollte. Zunächst zog Holl ja nur als Bewohner in den Personaltrakt ein, da er plötzlich wegen des Hinauswurfs aus dem anderen Haus dringend ein Quartier brauchte, und schleppte an Werktagen wie Stürzl und Ziller Kisten. Der Mann, dem er den Arbeitsplatz wegnehmen sollte, war noch da und wußte nicht, daß Holl mit Hilfe von Fräulein Stein und dem Musikstudenten Stecher, die zu einem Bündel katholischer Funktionäre Kontakte hatten, auf seinen Posten gesetzt werden sollte. Holl sah ihn oft und ging manchmal ganz nahe an ihm vorbei und wußte, daß es nur Nebensächlichkeiten waren, die Stecher und Fräulein Stein gegen Santner vorzubringen hatten. Daß er neben seiner Frau, die im Haus Zimmer aufräumte, mit einer Küchenarbeiterin ein Verhältnis angefangen hatte, beeinträchtigte weder das Leben von Fräulein Stein noch das von Stecher. Daß er auf Reparaturmeldungen der Studenten nicht wie ein frisch in die Kaserne eingerückter Rekrut reagierte, war verständlich, denn er hatte auch andere Arbeiten zu verrichten. Alles, was Holl aus den Intrigen gegen ihn heraushörte, war persönlich. Fräulein Stein, die die Büfettführung hatte, war beleidigt, weil Santner ihre Anordnungen, was das Aufräumen und Bodenaufwischen im Büfett betraf, mißachtete. Stecher sah in dem ehemaligen Bäcker Santner wahrscheinlich immer ein Stück seines verdrängten

Vaters, dessen Existenz er vage nur damit beschrieb, daß er in Pension sei.

Obwohl er selber das Opfer von Intrigen gewesen war, sah Holl jetzt zu, wie Santner gehen mußte, und sobald er Santners Posten innehatte, tat er genau das, was er an sich selber nie hatte ausstehen können. Nämlich, kontrolliert zu werden. Jetzt achtete er auf das genaue Einhalten der Arbeitszeit, ging durch lange Korridore, warf einen prüfenden Blick auf den Boden, sperrte Zimmer auf, um festzustellen, ob auch tatsächlich sauber aufgeräumt wurde. Abgesehen von den Studien, die er über das Schulische hinaus betrieb, unterschied Holl sich von den übrigen Hausmeistern nur dadurch, daß er die Aufräumefrauen, die ihm unterstanden, von ihren Intrigen abzubringen versuchte und sie ermunterte, mehr Lohn zu fordern. Es passierten ihm Dinge, über die er sich später oft ärgerte. Bei Maria, einer Studentin, die im Zuge des Prager Frühlings marxistisch geschult in den Westen gekommen war und sich mit Zimmeraufräumen ihren Unterhalt verdiente, konnte er es nicht vertragen, daß sie sich die Freiheit nahm, während der Arbeitszeit zu lesen. Einen Studenten, der weiter nichts verbrach, als daß er Holl, wenn er an ihm vorbeiging, ignorierte, brachte er um seinen Heimplatz. Als eines Abends in einem Abstellraum im Keller amerikanische Studenten auf dem Boden hockten und Gitarre spielten, brachte ihn die Tatsache, daß in einem Raum, in dem sonst nur das Personal aus und ein ging, auf einmal Studenten auf dem Boden hockten, so aus der Fassung, daß es ihm keine Ruhe ließ, bevor er sie nicht alle hinausgejagt hatte.

Daß Holl nach und nach faschistische Züge hervorkehrte, hing mit seiner geschundenen Kindheit zusammen, mit seinem Aufenthalt im katholischen Männerhaus, mit der von Nationalsozialisten bewohnten katholischen Stadt, dem Militärdienst und dem Gedankengut der Welt des Redens. Er sprach es nicht aus, aber er erinnerte sich oft an den kalten Wintertag im Januar, als er mit Freuden zum Militärdienst eingerückt war, und wie es sich insgeheim überlegen vorgekommen war, wenn andere auf langen anstrengenden Märschen zusammenbrachen und liegenblieben. Er erinnerte sich auch, daß er sich nicht ganz zufällig als Fahrer zu den Panzern gemeldet hatte, daß er sich inmitten des ungeheuren Motorengeheuls mächtig vorgekommen war und daß er auf Befehl auch in demonstrierende Menschen gefahren wäre. Und irgendwann hatte es ihn einfach geknickt. Irgendwann hatte er einfach geglaubt, daß die Schläge, die er eingesteckt hatte, richtig gewesen seien, daß sie einen tüchtigen Menschen aus ihm gemacht hätten. Das war, als er zum ersten Mal mit Sicherheit sagen konnte, er würde in der Abendschule nicht scheitern. Aber dann gab es noch einmal eine unliebsame Überraschung. Als er von Feinschmied wegging und im katholischen Männerhaus zu arbeiten anfing, wurde er in kurzer Zeit in das dortige Intrigennetz verstrickt. Der Abstieg vom Facharbeiter zu einem, der Böden aufwischt, Fenster putzt und hinter den Hunden der Bürger den Kot vom Bürgersteig kehrt, veränderte ihn mehr, als er sich eingestehen wollte. Plötzlich zu einer Beschauexistenz hingerückt zu werden, zu einem, dem es zwar erlaubt ist zu arbeiten, der aber nicht reden und schon überhaupt keine Meinung haben darf, ließ ihn kleinliche und besorgte Züge hervorkehren. Durch die Übermacht der Welt des Redens fühlte er sich auf ein paar Plätze, in einige Räume, in den Keller hinunter zurückgedrängt. Wie ein eingesperrter Hund, der alles, was an ihm vorbeizieht, als gewohnte Verwirrung hinnehmen muß und nur noch angreift, was auf ihn zukommt, verteidigte Holl Kellerräume, in denen er tagsüber arbeitete und studierte, wenn dazu Zeit war.

Von einem aus Wochenschaufilmen zusammengeschnittenen Dokumentarbericht, den er einmal gesehen hatte und in dem nur die Zusammenhänge der Kriegsereignisse erklärt, nicht aber die Führerreden kommentiert wurden, war er heimlich ziemlich lange begeistert gewesen. Er wußte genau, daß er sich als Landarbeiter sofort der nationalsozialistischen Partei angeschlossen hätte. Die weinerliche Führerstimme sprach seine durch Erniedrigungen erzeugten Gefühle an. Umso betroffener war er, als er einmal an einem Sonntagnachmittag mit Ziller eine Ausstellung besuchte und einen Berg zerlumpter und zerrissener Schuhe sah, Schuhe, von deren Trägern nur mehr Zahlen und riesige Namenslisten existierten. Auch ich, dachte er entsetzt, hätte mich an diesem schrecklichen Mord beteiligt. Die Menschen, die mit ihm in diese Ausstellung hineingingen, waren alle ganz still und wagten sich kaum zu bewegen. Als er hinausging, ekelte ihn vor sich selber, und die Welt war ihm plötzlich um vieles finsterer. Es hinderte ihn nicht am Gehen. Die Luft, die Häuser, die Straßen, durch die er schon so oft gegangen war, waren nicht anders, aber er war plötzlich anders. Er hatte jüdische Freunde, Amerikaner, auf die er erst aufmerksam wurde, als andere ihre Namen abwertend als jüdisch bezeichneten.

Jeden Morgen gingen Studenten, wissenschaftliche Hilfskräfte, Sekretärinnen, Assistenten, Universitätsprofessoren an ihm vorbei. Er war entsetzt, als er allmählich einsehen mußte, daß Studenten und Lehrlinge, was ihre Intelligenz betrifft, beliebig austauschbar sind. Es war ja nicht er, der diese Unterschiede erfunden hatte, sie waren ihm vielmehr von Kind auf eingeredet worden. Und es war auch nicht so, daß er sich gleich damit abfinden wollte, denn sein ganzes Bestreben war, tiefer in die Welt des Redens vorzudringen und sich dort irgendwann einmal auf einen Stuhl zu schwingen. Als er den ärgsten Schock, den er nie ganz zu überwinden vermochte, in sich hineingewürgt hatte, richtete er sich wieder ein Stück auf und klammerte sich mit letzter Hoffnung an die Universitätsprofessoren, die in würdevoller Haltung an ihm vorbeischritten. Wenn sie auch nicht mit ihm redeten, höchstens flüchtig seinen Gruß erwiderten, so konnten sie ihn doch nicht daran hindern, ihr Kommen und Gehen zu beobachten. Da seine Sammlung von verwerflichen Existenzen schon so groß war, wollte er über Universitätsprofessoren nur Gutes hören. Das war auch einleuchtend, denn schließlich wollte er sich nicht bis vor ihre Vorlesungspulte in die Hörsäle hineinarbeiten, um irgendwann zu dem Schluß kommen zu müssen, er hätte sich durch ihre aufrechte Körperhaltung täuschen lassen.

Wurden ihm Niederträchtigkeiten über einen Universitätsprofessor erzählt, so ging er nicht auf die Mitteilung ein, sondern suchte beim Erzähler nach dem Grund der Mitteilung. Nicht einmal von der Studentenrevolte kommende Berichte konnten Holls Vorstellung von Universitätsprofessoren erschüttern. Gefährlich für ihr Ansehen, das sie bei ihm genossen, waren nur seine Augen und sein Gedächtnis. Die Nähe der Universitätsprofessoren ließ alles, was er sich über ihr Tun aus der Entfernung erschlossen hatte, in sich zusammenstürzen. Sein Entsetzen über die Unbekümmertheit und den mittelmäßigen Verstand der Studenten brachte er nicht mit den Universitätsprofessoren in Zusammenhang, sondern er hob die Universitätsprofessoren als seine letzte Hoffnung aus allen Zusammenhängen heraus und weigerte sich, sie in Lächerlichkeiten verwickelt zu sehen. Er hatte einfach Angst, irgendwann zu nichts auf der Welt ja sagen zu können.

Er war, wie es sich für einen faschistisch angehauchten Menschen gehört, Antikommunist, verteidigte aber mit Vehemenz das Kommunistische Manifest, als er einmal merkte, daß der Philosophieprofessor, den er gut leiden mochte, das Kommunistische Manifest nur durchnahm, um seine Studenten zu dem Schluß kommen zu lassen, Karl Marx sei ein Volksverführer. Es ging Holl dabei nicht um Karl Marx, wütend machte ihn vielmehr, daß jedesmal, wenn vom Kampf gegen die Herrschenden die

Rede ist, irgend etwas daran falsch sein soll. Der Philosophieprofessor unterrichtete seine Studenten auch über
die Vorgänge und Absichten in der Werbepsychologie.
Als Holl von Unterrichtsstunde zu Unterrichtsstunde
erfuhr, daß die Konsumbedürfnisse nicht nur bei Erwachsenen beliebig geweckt werden können, sondern
daß amerikanische Werbepsychologen bereits angefangen hatten, sie in den Kindern zu wecken, um die
Erwachsenen durch die Kinder noch tiefer in ihre Ver-
sklavung zu ekeln, wunderte Holl sich auch keinen
Augenblick länger, daß in den USA Menschen mit
Maschinengewehren auf Dächer steigen und ein Blutbad
anrichten. Zu seinem Schrecken sah Holl aber auch, daß
sich außer ihm und dem Nietzscheverteidiger niemand
von den Kollegen gegen diese Finsternis, die sich von den
Vereinigten Staaten aus auf Europa zubewegte, zur Wehr
setzte, im Gegenteil, der Buchhalter und einige andere
fanden Gefallen an der Tatsache, daß Menschen mit Hilfe
der Psychologie zu noch willenloseren Wesen, als sie es
ohnehin schon sind, gemacht werden können. Von da an
empfand Holl für die Welt des Redens nur mehr
Abscheu. Anstatt sich zu verteidigen, stand er oft auf und
ging.

Dadurch, daß er nirgends und überall zu Hause war, hatte
Holl Zugang zu allen Kreisen. Überall hatte er Bekannte
und verfügte über Tausenderlei Zusammenhänge, die er
nicht aussprechen konnte. Holl wußte, in welchem
Wirtshaus sich Heinrich Klock unter Arbeitern versteckte, um niemandem von der Universität und niemandem aus seinem früheren Freundeskreis zu begegnen.
Holl traf Ernst August in Schaufenster starrend, hörte
ihn in immer gleichbleibendem gleichgültigen Ton von
sich reden. Daß er von der Montiergrube ins Lager
gekommen sei. Daß die Vorarbeiter Trottel seien. Daß er
heiraten werde. Daß das Leben allein auch sinnlos sei.
Nichts an ihm hatte sich verändert. Mehrmals drohte

Holl, er würde ihn besuchen. Mehrmals ließ er sich von ihm die Wohnadresse geben und machte es sich mehr oder weniger zur Pflicht, die Ursachen aufzuspüren, die ein für Holl gänzlich unverständliches Leben hervorgebracht hatten. Von der Montiergrube ins Magazin, von Meilinger zum Lagerleiter war doch wirklich kein Programm von vier bis fünf Jahren. Montiergrubenkollegen von Ernst August hatten längst ganz andere Berufe. Ernst August erwähnte mit keinem Wort, was Holl einige Tage darauf von Willi, dem Dreher, erfuhr. Um diese Zeit war die Hälfte der Feinschmied-Belegschaft bereits zur Tür hinausgekündigt oder aus eigenem Anlaß einem unerträglichen Ekel gewichen. Das Wochenende darauf fuhr Holl mit dem Bus wieder einmal in die Richtung, in die er mit Klock gefahren war, als dieser ihm von seinen Hausbauabsichten erzählt hatte. Dank des spärlichen Unterrichts des Trinkers, dem er häufig begegnete und den er, weil er zur Stadt paßte, gut leiden mochte, hatte er zur Natur nun andere Bezüge. Durch sein Gefangensein im Heimatwahnsinn hatte er in der Natur nur Tobsuchtsanfälle und Erschöpfungen gesehen, die dann auch noch mit Schnee beworfen wurden. Jetzt, als er merkte, daß die Natur sich mit dem tauben Industriegesindel nicht verständigen konnte, sondern einfach starb und verstummte, tat sie ihm leid.

Um zum Friedhof zu gelangen, von dem ihm das Industrieopfer Ernst August nichts erzählt hatte, mußte Holl ein Stück zu Fuß gehen. Der Friedhof war klein. Er ging langsam an den Gräbern entlang und erschrak auf einmal, weil er auf einem weißen Marmorgrabstein sechsmal den Namen Egid Gruber eingemeißelt sah. Wie es zu einer derartigen Einfallslosigkeit bereits bei Namensgebungen kommen konnte, war ihm unbegreiflich und machte ihn traurig. Eine begrabene Bewußtseinstragödie, dachte er. Etwas später stand er vor einem nichtssagenden Erdhügel. »Baumer, du elender Trottel«, fluchte er auf den braunen Erdhaufen hinunter, »warum mußtest du so früh sterben? Hast du nicht gemerkt, daß ich dich gut leiden konnte? Ich habe mich doch immer für dich interessiert. Warum du? Du hast dich doch nicht für den Verrat an deinen Kollegen fangen lassen. Du hast niemandem getraut. Auch mir nicht. Du hast mich nur immer auf Betrug und Verbrechen hingewiesen. Du hast die Leute gewarnt. Du hast von einer Falle gesprochen. Du hast den Leuten gesagt, sie sollen Feinschmied nicht schrankenlos an sich verdienen lassen. Aber du selber bist nur dreiundvierzig Jahre alt geworden. Du warst immer voller Groll. Als ich angekommen bin, hast du mich mit deinem Spott und deiner Bitterkeit erschreckt. Deine Bitterkeit und dein Spott haben mir aber gefallen. Ich war froh, daß ich im Aufenthaltsraum einen Platz in deiner Nähe gefunden hatte. Du hast aus dem Lehrling Fritz Klampfner auch einen guten Industrietrottelverächter gemacht. Du warst auch immer ein großer Verächter von Gewerkschaftsfunktionären, deren hinterhältige Politik du an deinem Kollegen Meilinger miterleben mußtest. Deshalb mag ich dich ja. Glaubst du, ich will mit dem Gesindel, das nur Parteifurze von sich gibt, etwas zu tun haben? Ich wollte mit dir über alle Andeutungen, die du gemacht hast, reden. Du mit deiner blöden Handelsware, wie du dich selber nanntest. Glaubst du, ich komme hierher, um mit einer toten Handelsware zu reden? Warum mußtest du auch noch über dich selber spotten? Ich habe auch nie verstanden, warum du oft schon eine Stunde vorm Losgehen der Lärmmaschine vor der hinteren Eingangstür gestanden bist. Wie ein Philosoph in Arbeitskleidern bist du dagestanden und hast geschaut. Du bist mir sofort aufgefallen. Weißt du, wie lange ich in der Früh auf den hinteren Eingang zugegangen bin, bis ich mir sicher war, daß mich der Arbeiterphilosoph Friedrich Baumer überhaupt bemerken würde? Der Umkleidegang war dir wohl zu eng? Mit unserem lächerlichen Umkleidegezappel und den Gerüchen, die wir da drinnen verbreiteten, wolltest du wohl nichts mehr zu tun haben? Soweit ich mich erinnern kann, bist du, bevor der Lärm aus den Stahltrichtern losbrach, immer schon in der großen Halle gestanden. Du wolltest mit der Bevormundung, die sich Psychologen und Architekten ausgedacht haben, nichts zu tun haben. Du wolltest nicht, daß wir wie Ratten durch einen Kanal an den Arbeitsplatz terrorisiert werden. Du wolltest wie ein Mensch zum Arbeitsplatz gehen und ihn auch wie ein Mensch verlassen. Aber du hättest irgendwann reden müssen, Baumer. Lebend konntest du Meilinger mit deinem Schweigen wie einen Hund durch die Halle treiben. Um dein lebendes Schweigen konnte Meilinger immer nur herumhüpfen. Aber dieses Schweigen, in das du jetzt verfallen bist, tut Meilinger nichts. Wie jämmerlich, Baumer, daß ich nur mehr durch diesen Erdhaufen zu dir hinunterreden kann. Ich gehe auch bald. Ich stehe nur noch eine Weile vor deinem Hügel.« Jetzt, als Holl in seiner Erinnerung Baumers knochige Gestalt klar aus dem Werkshallengewirr hervortreten sah, wußte er auch, daß Baumer ein Mensch gewesen war, an dem man sich orientieren konnte. Der Gedanke, daß durch Industrieanlagen die Menschen so durcheinandergebracht und erniedrigt werden können, daß sie nur mehr gegeneinanderlosgehend auf kaum unterscheidbare Positionen lossteuern, trug ebenfalls nicht gerade zu Holls Beruhigung bei.

An einem regnerischen Spätsommernachmittag wollte er eine Studentin aufsuchen, um mit ihr in Kaffeehäusern herumzuhocken. Die Wochen zuvor hatten amerikanische Studenten, die deutsch lernten, das Haus belebt, so daß er sich nun irgendwie verlassen und heimatlos vorkam. Die Stadt war immer noch von der Betriebsamkeit der Festspiele beherrscht. Als er auf die Altstadt zuging, fiel ihm plötzlich ein, daß Kaffeehäuser auch keine Lösung wären. Er kehrte auf der Stelle um. Knapp eine Stunde später saß er mit dem notwendigen Gepäck im Zug und wunderte sich, warum ihm sechs Jahre lang nie eingefallen war, daß man im Urlaub wegfahren kann. Freilich reiste Holl nicht mit der Unbeschwertheit eines Redeweltlers, weil er sich die Landschaften, egal ob er nun durch französisches, englisches oder tschechoslowakisches Land fuhr, nicht ohne Arbeit und die Arbeit nicht ohne Menschen vorstellen konnte. Aber je weiter er sich von der Stadt und dem Land, in dem er aufgewachsen war, entfernte, desto deutlicher wurde ihm der Unterschied zwischen Notwendigkeit und Lächerlichkeit. Er brauchte diese Reisen auch, um mit sich allein zu sein. Er wollte endlich etwas haben, für das er sich allein verantwortlich fühlte. Und er war deshalb auch streng gegen sich selber. Sein Ziel war, ohne irgendwelche Vorbereitung eine Großstadt anzufahren und sie beim Verlassen im Kopf zu haben. Dabei bediente er sich nicht einmal der üblichen Touristeninformation, um ein preisgünstiges Quartier zu finden. Jede Art von Vorinformation schien ihm bereits eine unnütze Beeinflussung. Eine seiner Hauptbedingungen bei der Quartiersuche war, in einer einfachen, von sympathischen Leuten geführten Pension zu wohnen, um den Ort, zu dem er mit den verschiedensten Eindrücken und Erfahrungen spät am Abend zurückkehren würde, in angenehmer Erinnerung zu behalten. Wenn er London, Prag, Paris, Florenz und Rom gesehen hätte, so hoffte er, würde er mit Hilfe von Großstadteindrücken die eigene Vergangenheit, seine Erfahrungen im Machwerk für Volksbildung miteingeschlossen, zur Sau gemacht haben.

Sechs Jahre lang war ihm nie eingefallen, daß er im Urlaub hätte wegfahren können, und nun stand er auf einmal mit einem Koffer in der Nacht auf dem Bahnsteig eines großen Pariser Bahnhofs und bedauerte, daß er, anstatt sich mit Latein herumzuschlagen, nicht Französisch gelernt hatte. Auch da regnete es in Strömen und hörte erst nach einer halben Woche auf. Nach zwei Tagen fand er tatsächlich in einem unbedeutenden Viertel in der Nähe vom Montmartre eine kleine, von zwei älteren

Frauen geführte Pension, die ihm zusagte. Auch die Umgebung, ein ungepflegter Park, in dem sich Pensionisten trafen, Kinder spielten und Hunde herumrannten, etliche kleinere Gemüseläden, die auf dem Gehsteig verkauften, und eine breite Straße, auf der schon in aller Früh schwere Lastzüge vorbeirollten, gefiel ihm. Diese Umgebung sah er sich zuerst genau an. Er nahm sich vor, in den drei Wochen, die ihm an Zeit zur Verfügung standen, alle Stadtteile zu Fuß abzugehen, ganz unbedeutende Straßen zu besichtigen und keinen der Vororte auszulassen, denn für ihn ließ sich keine Stadt in sehenswürdige und nicht sehenswürdige Teile zerlegen. Diese Methode hatte den Vorteil, daß er nicht von vornherein an einer sogenannten Sehenswürdigkeit hängenblieb und sich, weil es ja eine Sehenswürdigkeit war, einer selbstbetrügerischen Begeisterung hingeben mußte, sondern daß er selber entscheiden konnte, was ihm gefiel und wichtig vorkam.

Sein größtes Erlebnis war natürlich, zum erstenmal in seinem Leben nichts Bestimmtes tun zu müssen. Das war ihm anfangs so ungewohnt, daß er schon wieder erschrak, wenn er aufwachte und merkte, daß er bis in den späten Vormittag hinein geschlafen hatte. Wenn er an die Zeit vor der Schlosserlehre bei Josef Bruckmann zurückdachte, an das, was er in Haudorf, wo er aufgewachsen war, erlebt hatte, kam ihm für Augenblicke vor, es sei gar nicht wahr, er träumte nur, daß er in Paris einen dreiwöchigen Urlaub verbringe. Er stand mitten in einer Entwicklung, an die er vor vier Jahren nicht einmal im entferntesten zu denken gewagt hätte, eine Entwicklung, die so schnell verlaufen war, daß er zwar Stationen aufzuzählen, aber ihren gesamten Verlauf nicht zu überblicken vermochte. Entlang der Seine sah er junge Menschen ganze Nachmittage auf einem Fleck sitzen, er gab ihnen recht, obwohl oder weil es ihm keine Ruhe ließ und in ihm plötzlich wieder der Verdacht aufkam, er befinde sich in einem großen Irrtum und der Irrtum höre nicht auf, solange er nicht aufgeben und sich aus allen mit Konkurrenz zusammenhängenden Bestrebungen zurückziehen würde. Aber diese Zweifel an seiner Existenz dauerten nur kurz, und es trieb ihn weiter, weg von den Hippies, von denen er annahm, sie würden sich allen gesellschaftlichen Zugriffen entziehen, hin zu protestierenden Studenten und der Polizei, die alle, die in ihre Nähe kamen, niederknüppelte und in bereitstehende Busse warf.

Er verbrachte über eine Woche in Museen. Er versuchte dabei gar nicht, eine Beziehung zu den Darstellungen der Maler und Bildhauer herzustellen. Er wußte, daß er noch lange an sich würde arbeiten müssen, um dieser aus Jahrhunderten, ja sogar Jahrtausenden zusammengetragenen Kunst näherzukommen. Er hielt jeden künstlerischen Ausdruck für wichtig und ging in jedes Museum mit der Befürchtung, es vielleicht nie mehr betreten zu können. Wenn er daran dachte, was die anderen, mit denen er gelebt und gearbeitet hatte, alles nicht wußten, alles nicht sehen konnten, kam er sich schäbig vor. Er konnte sich ja jederzeit vorstellen, welche Arbeiten sie gerade verrichteten. Obwohl er seine Reisen von seinem ersparten Geld finanzierte, fühlte er sich irgendwie schon den Betrügern zugehörig. Wie viele Menschen leiden schon Jahrhunderte allein durch die Tatsache, daß es die Welt des Redens gibt? Diese Frage stellte er sich nun immer öfter. Und was hatte er schon gelernt? Auch diese Frage bedrängte ihn oft.

Paris hatte zur Folge, daß er im Frühjahr darauf eine weitere Reise unternahm, durch die Schweiz in die Provence. Und im Sommer fuhr er nach London, wieder ohne irgendeine Vorbereitung zu treffen. Auch Prag und Venedig lernte er kennen.

Lorz, der sich politisch nie äußerte, verwickelte sich, seine Schwester, Holl, Lackner und den Sozialisten ununterbrochen in irgendwelche Abenteuer. Der Sozialist stand klar auf der Arbeiterseite. Der Nietzscheverteidiger, mit dem Holl sich manchmal zankte, bestand seit Jahren beharrlich auf seinen verlorengegangenen Werten. Lackner war Anhänger der freien Marktwirtschaft. Holl behielt sich vor, jederzeit aufstehen und davongehen zu können. Viele gaben Auskunft über ihre Ziele und Richtungen, die sie einschlagen würden. Nur Hans Lorz, der immer in Aktion war, der die Leute zu sich in die Wohnung einlud, sie in Mathematik auf Schuß brachte, sie in Lokale schleppte, schwieg. Holl war oft bei ihm in der Wohnung gewesen und erinnerte sich nur zu gut an die Zeit, als er und Ziller ehrfürchtig zu ihm aufgesehen hatten, weil Lorz mit einer beinahe abgeschlossenen Gymnasialbildung aus einer Welt kam, der sie sich unterlegen fühlten. Ja, Holl kannte Lorz schon lange, wurde aber nicht klug aus ihm. Während Holl sich oft von den Leuten, die um seinen jämmerlichen Beginn in der Abendschule wußten, zurückzog und sich in die Mechanikerbar flüchtete, umgab Lorz sich immer mehr mit Leuten, die Zeugen seiner Veränderung waren, aber er tat es in einer Weise, daß er nicht mit ihnen reden mußte. Er war für alles, was sich nur irgendwie bewegte, zu begeistern. Lorz brauchte immer Menschen um sich.

Einen ganzen Sommer lang brachte er deutschlernenden amerikanischen Studenten sämtliche Wander- und Trinklieder bei, die er als aktiver Naturschützer gesungen hatte. Er organisierte Wanderungen, Hüttenübernachtungen, Bergtouren und brannte Lagerfeuer ab. Einmal kam er begeistert zu Holl und erzählte ihm, tschechoslowakische Fabriksarbeiter hätten ihn eingeladen, bei ihnen Urlaub zu machen. Der Busfahrer habe ihn nach der Jugendherberge gefragt. Und da er nichts zu tun gehabt habe, sei er in den Bus gestiegen und mit den tschechoslowakischen Fabriksarbeitern zur Jugendherberge gefahren. Sie seien noch nicht einmal dort gewesen, da sei die Einladung, zu ihnen in die Tschechoslowakei zu kommen, schon abgemacht gewesen. Daß tschechoslowakische Fabriksarbeiter sich innerhalb einer halben Stunde mit jemandem verbrüdern, für den der Kommunismus eine mit allen Mitteln betriebene Freiheitsberaubung bedeutete, war für Holl, der dem Kommunismus nicht mehr ablehnend gegenüberstand, zu viel. »Ja, wenn das so ist«, sagte Holl, »wundert mich nicht, daß die Russen in die Tschechoslowakei einmarschiert sind.« Holl war verärgert und enttäuscht, daß nicht er die tschechoslowakischen Fabriksarbeiter getroffen hatte, er gab seinen heimlichen Neid aber nicht zu, sondern suchte nach Gründen, warum die Russen hätten einmarschieren müssen.

Die Lokalrunden, die Lorz mit seiner Gruppe drehte, irritierten Holl oft, denn kaum saßen sie an einem Tisch, gesellten sich Männer zu ihnen, von denen sich später herausstellte, daß sie ein offiziell abgelehntes Gedankengut unter die Leute bringen wollten. Manchmal kam es blitzartig zu einer Schlägerei mit anderen Gästen. Oft mußten sie die Flucht ergreifen. Ging Holl allein oder mit anderen, aber ohne Lorz in eines dieser Lokale, passierte nichts. Lorz tat jedoch nichts, um Faschisten anzulocken. Sie kamen einfach, sobald er auftauchte. Daß er sich gern in Trachtenkleidung unter die Trachtenwelt mischte, war in dieser für ihre Trachtenmode weltberühmten Stadt wohl noch kein Gesinnungsalarm, höchstens ein Gesinnungsverdacht. Lorz mußte etwas anderes an sich haben, das Faschisten anlockte. Und immer waren es aktive Faschisten, keine Beobachtungsfaschisten, die nur in ihren Stammlokalen herumhockten und sich gegenseitig ihre Ansichten bestätigten. Diese Faschisten, die sich an Lorz heranmachten, waren leutselig, gingen über Äußerlichkeiten wie langes Haar hinweg und kamen schnell auf eine gesamtdeutsche Nation zu sprechen. Sie mußten dabei schon ziemlich geübt sein, denn es dauerte, bis sie zu ihrem Anliegen kamen, höchstens zwei Bier lang. Das Vorgebrachte hörte sich obendrein nicht etwa aufgesetzt an.

Sicher war es nicht Lorz' Absicht, immer wieder an aktive Faschisten zu geraten, obwohl er über die Vorfälle dann immer nur lachte, so wie er lachte und sich freute, wenn es ihm gelang, einen vom Heimgehen abzubringen. Lorz verfügte über viele Taktiken, sich stets mit Menschen zu umgeben, sich diese aber zugleich fernzuhalten, indem er sich entweder als Schulmeister betätigte oder sie in Grundsatzdebatten, die sie schon hundertmal geführt hatten, verwickelte. Klar war sein Verhältnis nur zu Menschen, deren Anwesenheit ihn bedrohte. Obwohl er sonst positiv und fast nur über gesellschaftliche Vorbilder wie Lehrer urteilte und diese positiven Urteile, selbst wenn sie schon längst unmöglich waren, nicht durch entsprechende Begriffe ersetzte, sondern sich in eine rein äußerliche Beschreibung ihrer Gesten flüchtete, um ihnen noch irgendwo einen liebenswürdigen Zug anzuhängen, urteilte er über andere, die nicht in seine Welt der Vorbilder gehörten, ganz plötzlich scharf und vernichtend. So bezeichnete er Fräulein Gärtner, die ihrerseits Lorz nicht ausstehen konnte, einmal als Wrack, als sie sich anschickte, mit seiner Runde in ein Lokal zu gehen. Das sagte er warnend zu Holl, auf dessen Entwicklungsfähigkeit Lorz bereits nach zwei Semestern aufmerksam geworden war. Fräulein Gärtner saß dann auch keine fünf Minuten am Tisch, da sang Lorz einen Zweizeiler, der die nach außenhin keusche Seele von Fräulein Gärtner verletzte und sie erbost aufstehen und vom Gelächter der Lorzrunde weggehen ließ. Lorz lachte dabei wie ein Kind, dem plötzlich vorkommt, es hätte einen Erwachsenen überlistet. Auch Maria, die Serviererin in der Mechanikerbar, die Lorz mit seinen Leuten nur betrat, weil Holl, sein Schützling, sich dort hineinflüchtete, machte Lorz zu schaffen, obwohl er sich ihr gegenüber an Bildung und Wissen überlegen fühlen mußte. Vielleicht waren es ihre Versuche, ihre Liebhaber mit Hilfe von Selbstmorddrohungen zu halten. Vielleicht war es die Offenheit, mit der sie über ihre Familie, von der sie geflüchtet war, sprach. Aber das hätte ihn auch an seinem Schützling stören müssen.

Lorz' Erfahrungen mit Frauen waren überhaupt von unglücklichen Zufällen bestimmt. Eine für sozialen Aufstieg schwärmende Stewardeß hatte sein Scheitern in einem Tagesgymnasium aufgespürt und ihn aus der Naturschützerorganisation, in die er sich mit seiner Schwester geflüchtet hatte, herausgeholt und ihn zum Besuch des Abendgymnasiums überredet, wo er eine strebsame Kleinunternehmertochter kennenlernte, sie, als sie schwanger war, sofort heiratete und ihr bald darauf, weil sie seinen von Mutter und Schwester geprägten Sinn für Haushaltpflichten mißachtete, eine Ohrfeige gab. Lorz war katholisch – natürlich nicht katholisch wie der Erwachsenensekkierer Dr. Loch. Sie, seine Frau, hatte vor der Heirat als Kindergärtnerin gearbeitet, war evangelisch und wußte von der Stadt, in die sie sich begeben hatte, so gut wie nichts. Sie stammte aus einer Industriestadt. Da sie als schwangere Frau den Unterricht nicht mehr besuchen konnte, mußte Lorz als Ehemann und zukünftiger Familienvater allein ans Ziel kommen. Dieses Ziel war ein Gymnasialabschluß, den sein Vater, der eine angesehene Position innehatte, verhindern wollte. Die junge Frau Lorz, die mit den Konflikten und der Tragödie, mit der Lorz und seine Schwester zu leben versuchten, nichts zu tun hatte und sie auch nur von ihrer Oberfläche her kannte, flüchtete nach der Ohrfeige in ihr Elternhaus und beantragte von dort aus die Scheidung. Die Wohnung, die die junge Frau Lorz, der es rechten Spaß gemacht hatte, sich als Konkurrentin am abendlichen Schulbetrieb zu beteiligen, hätte pflegen sollen, lag am Stadtrand. Militärmenschen und andere Staatsangestellte wohnten dort.

Lorz hätte aus dieser von Kleinbürgern bewohnten Siedlung längst wegziehen sollen, tat dies aber nicht, weil er dort geboren war und ein Vierteljahrhundert gelebt hatte. Außerdem war es eine Sozialwohnung mit einem niedrigen Mietzins. Gemietet war die Wohnung auf den Namen seines Vaters, der ihm von Zeit zu Zeit drohte, er würde sie ihm wegnehmen. Seine Schwester, die ein weniger verfeindetes Verhältnis zu ihrem Vater hatte, wohnte in einem anderen Stadtrandteil in einer aus Küche und Zimmer bestehenden Eigentumswohnung. Unter anderem war Birgit Lorz das Opfer eines homosexuellen Vertreters, der für Parties und Empfänge eine gutaussehende Begleiterin brauchte. Über zwei Jahre gab sie mit ihrem frischen, überall rasch zupackenden Wesen einer Ehe, die nicht länger als zwei bis drei Tage hätte dauern dürfen, den Anschein, als wäre sie glücklich. Nach mehreren Morddrohungen des Vertreters und einem schweren Autounfall, von dessen Verletzungen sie geheilt wurde, war sie nicht mehr wiederzuerkennen. Von ihrem forschen, raschen Auftreten, mit dem sie vor der Ehe in der Wohnung ihres Bruders fast geherrscht hatte, war nichts übriggeblieben. Holl konnte sie ansehen, solang und wie er wollte, an die frühere Birgit Lorz, die ihn durch ihre Auftritte oft sogar erschreckt hatte, erinnerte ihn nichts. Er sah, sobald er ihr begegnete, zwei Frauen. Obwohl er sie zwei Jahre nicht getroffen hatte, schien es ihm, als wäre sie um zehn Jahre jünger geworden, als hätte sie jemand in ängstliche, hilflose Jugendjahre zurückgeprügelt.

An jenem Sonntag, als die amerikanischen Studenten abreisten, kam Lorz mit Birgit zu Holl, um ihn zu zerstreuen. Holl fühlte sich leer und elend und dachte, während Lorz und Birgit ihn von Lokal zu Lokal schleppten, an das Waggonabteil, in dem Cheryl Lawson in Richtung Provence fuhr. Sie tranken Kaffee und dann nur mehr Wein und näherten sich dabei bis zum Abend der Straße, in der Holl wohnte. Schließlich bestand Lorz noch darauf, daß Holl ihn und Birgit auf ein Glas Whisky einlade. Dann tranken sie Whisky, wobei Lorz bewußt auf Holls Bett einschlief, um Holl mit Birgit allein zu lassen. Schon während des Sommers hatte Lorz versucht, Holl mit seiner Schwester näher bekannt zu machen, was aber nicht ging, weil Holl immer mit Cheryl beisammen war. Cheryl Lawson war aber nicht der Grund, warum Holl vom ersten Tag an, als Lorz ihm Birgit vorstellte, kaum mit ihr sprach und ihr sogar auswich. Der Grund war, daß er sich die plötzliche Umkehr nicht erklären konnte. Vor ihrer Heirat, als Holl zu Lorz in die Kleinbürgerwohnung gekommen war, um mit ihm Mathematikbeispiele zu üben, hatte sie ihn kaum beachtet, und jetzt war es ihm unerträglich, daß sie so ängstlich zu ihm aufsah. Der Witz war, daß Holl sein Fortkommen, soweit es die Schule betraf, als Irrtum und Dummheit bezeichnete. Holl ließ auch die von vielen bewunderte Leistung und Ausdauer der Abendgymnasiasten nicht gelten. Sobald davon die Rede war, verwies er auf die Bergbauern und sagte, die Bergbauern hätten mindestens soviel Recht, was Leistung und Ausdauer betreffe, bewundert zu werden. Holl hatte immer einen Grund, mit sich unzufrieden zu sein, und es stimmte auch so viel nicht, weder mit ihm noch mit seinen Umwelten. Er verstand deshalb auch nicht, was andere an ihm finden sollten. Wenn sie wüßte, daß sie für immer wegfahren würde, sagte Birgit, würde sie mit ihm schlafen. Aber sie fahre nur mit Hans in die Tschechoslowakei und komme wieder zurück. Sie lagen nebeneinander auf dem Bett in einem anderen Zimmer als Lorz, und Birgit erzählte Holl von ihrer Ehe.

Es wurde immer etwas veranstaltet. Einmal lud Birgit zu einer Party ein. Einmal trieb Stecher für einen Abend Leute zusammen. Lorz, der Angst vorm Alleinsein hatte, kannte die Leute seiner Klasse schon so gut, daß kein Abend verging, an dem es ihm nicht gelang, wenigstens zwei vom Heimgehen abzuhalten, die dann auch gleich andere mitrissen. Er selber verschwand dann plötzlich und versteckte sich. Einmal suchten ihn seine Leute über zwei Stunden. Am nächsten Tag erzählte er, daß er auf einem Wirtshausdachboden in einer Kiste übernachtet habe. Manchmal übernachtete er bei Holl und verschwand frühmorgens. Einmal fand ihn Holl im Keller auf Mehlsäcken. Ein anderes Mal stand er im Stiegenhaus, an der Wand lehnend, und gab keinerlei Grund für sein Verhalten von sich. Sobald Lorz nur mehr einen Menschen bei sich hatte, fühlte er sich schon bedroht. Einmal hatte Holl lange mit ihm getrunken, bis alle andern weg waren. Er ließ sich dann zu einem Morgenspaziergang bewegen und hoffte, mit Lorz reden zu können, aber Lorz wich sofort vom Spazierweg ab, führte ihn durch taunasses Gestrüpp und kletterte über Gartenzäune, bis sie sich schließlich, um nicht von zwei Schäferhunden gebissen zu werden, auf ein Dach flüchten mußten, von dem Holl, der eine sinnvolle Existenz anstrebte, im Zorn hinuntersprang, wobei er sich einen Fuß verstauchte.

Zu einem Problem für Holl wurden die Fahrten aufs Land, in die ihn Stecher verwickelte. Die Leute wußten natürlich, daß Holl von einem großen Bauernhof stammte, sie sahen aber immer nur den Besitz und das Einkommen und schauten, was Holl in der Welt des Redens so verrückt machte, über die Arbeit hinweg. Sobald Stecher herausgefunden hatte, daß es auf dem Hof auch Almhütten gab, traktierte er Holl mit allen ihm zur Verfügung stehenden Mitteln, ihn und seine Freunde, die Stecher immer wieder wechselte, auf eine der Almhütten zu bringen. Das war nicht leicht, denn Holl hatte aufgrund seiner Erfahrungen in der Welt des Redens alles umgewertet. Die Bauern und die arbeitende Bevölkerung standen jetzt weit über der Welt des Redens. Holl erfand Hunderte von Ausreden, warum er Stecher nicht auf eine Almhütte bringen könne. Holl tobte, was das denn solle, in den Schaufenstern sehe er, wie sich die Geschäftswelt mit bäuerlichen Arbeitsgeräten schmücke, während immer mehr Leute auf den Bauernhöfen in den Selbstmord getrieben würden. Sobald Holl so redete, verdrückte sich Stecher schnell und kam erst wieder, wenn Holl sich beruhigt hatte. Stecher setzte durch, was ihm in den Sinn kam. Stecher führte fünf Telefonate, und zwei Stunden später betrat er mit Holl das Büro des Präsidenten der Festspiele. Stecher wurde über sechzigmal das Zimmer gekündigt und zog erst fünf Jahre danach freiwillig aus. Für Stecher war das Almhüttenprojekt eine Frage von einigen Wochen, dann sagte Holl zu, um die Angelegenheit endlich hinter sich zu bringen. Fahrzeug, Proviant, städtisches Geschirr und Leute zum Mitfahren, alles besorgte Stecher. Holl brauchte sich nur in den heimeigenen Kleinbus zu setzen, den nur er benutzen durfte, und loszufahren, wobei er Stecher noch versicherte, er übernehme keinerlei Verantwortung, daß ihnen die Erlaubnis für die Hüttenbenutzung auch tatsächlich gegeben würde.

Von dieser Welt, in der Holl seine Kindheit verbracht und an die er auf seinen Reisen oft gedacht hatte, wollte er sich ja lösen und nicht immer wieder von neuem irgendwelche unbekümmerten Kontakte zu ihr herstellen, aber er war Stecher einfach nicht gewachsen. Stecher, der zwar aus der Wohnung seines Vaters ausgezogen war, hatte aber den Stadtteil, in dem er aufgewachsen war, nicht gewechselt und sich nie in seinem Leben auf neuen unsicheren Boden begeben. In jeder noch so fragwürdigen Institution kannte er Leute, die er in irgendeiner Weise für sich zu verwenden wußte. Aber Stecher hatte sich auch für Holl verwendet. Schon allein deshalb konnte er nicht gut im letzten Moment absagen und sich irgendwo in der Stadt verstecken. Bis knapp vor Haudorf, in das Holl nach mehreren Übersiedlungen als Sechsjähriger von Stiefvater und Mutter weg auf den Hof seines Vaters gebracht worden war (von wo er als Neunjähriger geflohen und von der Mutter wieder zurückgebracht worden war, wo er seinen Vater um die Züchtigungen bitten und sich danach für die Züchtigungen bedanken mußte, wo er Bettnässer gewesen war und viele Kindheitsängste ausgestanden und elf schwere Arbeitsjahre zugebracht hatte), kämpfte Holl dagegen an, ob er nicht die aus Studenten bestehende Gesellschaft einfach in den Straßengraben fahren sollte. Er konnte es ihnen nicht erklären, wie grotesk es ihm erschien, mit ihnen zu der Almhütte hinaufzugehen, die ihn an seinen Großvater (sein Großvater väterlicherseits, einer von mehreren Söhnen eines kleinen, hochgelegenen Bergbauern, hatte als Pächter, nachdem er vorher lange Zeit Knecht gewesen war, auf dieser Alm angefangen, seine Frau, seine Kinder, Knechte, Mägde und Taglöhner auszubeuten, und war als Besitzer von einem großen und zwei kleineren Höfen und drei Almen mit einem beachtlichen Waldbestand gestorben), an den Viehhüter Bartl, an seinen Onkel erinnerte, der von seinem Vater – Holls Großvater väterlicherseits – noch als Dreißigjähriger geschlagen worden war. So fuhr Holl einfach durch die ihm wohlvertraute Winterlandschaft auf den Hof zu (den er vor sieben Jahren verlassen, seither aber oft wieder betreten und bei der Arbeit geholfen hatte) und kam sich wie eine Romanfigur aus der Blut-und-Boden-Literatur vor. Um auf der Hütte nicht ununterbrochen in Stimmungen und Erinnerungen schwelgen zu müssen, hatte er sich ein Manuskript für Kunsterziehung mitgenommen, um sich auf die nächste Prüfung vorzubereiten.

Es war früher Nachmittag, als sie ausstiegen. Das war auch der Tag, an dem seine Großmutter mütterlicherseits beerdigt wurde. Die Mutter hatte ihn verständigt, daß er zur Beerdigung kommen solle. Es hieß, sie sei gut zu ihm gewesen, aber er konnte sich nur dunkel an die Zeit erinnern, die er als zwei- und dreijähriges Kind auf dem Hof der Großmutter verbracht hatte, und er sah deshalb auch keinen Grund, warum er zur Beerdigung hätte fahren sollen.

»Da ist es«, sagte er und deutete auf den Eingang des großen dreistöckigen Bauernhauses. »Sie werden aber schlafen, weil Feiertag ist.« Es sei immer noch besser, erklärte er, sie an einem Feiertag zu wecken, als sie an einem Werktag irgendwo draußen auf einem der Felder oder irgendwo im Wald droben bei der Arbeit suchen zu müssen. Und da war wieder dieser während der Kindheit zusammengelebte Stimmungszustand, der sich seiner sofort bemächtigte beim Betreten des Vorhauses, von dem aus Türen in die Küche, die Stube, in die Gewölbekammer, in der die Züchtigungen stattgefunden hatten, hinein- und Treppen in den vorderen und hinteren Keller hinunterführten. Er ging rasch auf die Küchentür zu und fand die Küche leer. Die jüngere von Holls Schwestern, die mit Nachbarkindern in der Stube vorm Fernsehapparat, der neu war, hockte, stand, als Holl eintrat, sofort auf und rannte hinauf in den oberen Stock, um ihre Mutter zu wecken. Die kam dann auch bleich und verschlafen in die Stube herunter.

Ist je ein Mensch in eine so verlogene Situation gedrängt worden? dachte Holl. Bei aller Größe der Philosophen, wie soll ich ihr nun beibringen, daß es mir ein Bedürfnis ist, mitten im Winter durch tiefen Schnee zur Sonnseitalm hinaufzuwaten? Sie selber war nur einmal in ihrem Leben auf dieser Alm gewesen, von der Holl und Stecher ihr nun sagten, daß sie einige Tage auf ihr verbringen möchten. Nein, das verstand sie nicht. Sie sah Holl an und bewegte langsam ihren Kopf hin und her, wie sie das während seiner Kindheit oft getan hatte, um ihn verlegen zu machen, aber Stecher, der im Umgang mit Menschen recht geschickt war, betrachtete sie so liebenswürdig, daß sie ihr Staunen aufgab und sagte, sie werde mit ihrem Mann reden. Sie bot ihnen Platz an, ging hinaus und kam nach einer Weile mit Brot, Speck und Schnaps und wollte wissen, ob denn der Krieg in Vietnam nicht bald aufhöre. Bestehe denn keine Aussicht, daß die Vietnamesen endlich in Frieden gelassen würden? Holls Almhüttengefährten zuckten mit den Schultern und griffen nach Brot und Speck und schienen nicht recht zu wissen, wie sie auf die besorgte Frage der Bäuerin antworten sollten.

Rudolf Lein, der Bauer und Holls Vater, kam dann auch in die Stube, mit einem von seinen üblichen Ausrufen der Überraschung, mit denen er Besucher schon von der Tür aus zu begrüßen pflegte und sagte, Städter seien da. Er erkundigte sich nach allen Namen und bildete zu jedem Namen schnell einen Reim oder einen Spruch, wobei er je nach Eignung den Vornamen hinter den Schreibnamen setzte. So kam dann Reime wie »Stecher Franz, verheiratet auch schon ganz?« zustande. Gefallen schien er auch an den Entführungen lateinamerikanischer Diplomaten und Politiker gefunden zu haben, was er lachend »Politikerfesseln« nannte. Brennholz, sagte er schließlich zu Holl, sei oben. Der Hüttenschlüssel sei noch an seinem alten Platz. Da sie nun einmal oben seien, werde er zwei Heuzieher nachschicken. Wenn er, Holl, ihnen über das flache Stück hinter der Hütte hinweghelfe, könnten sie mehr aufladen und würden an einem Tag fertig.

Alles, was Holl da tun konnte, war, zum Aufbruch zu drängen, um so schnell wie möglich das Haus verlassen zu können. Als sie Haudorf hinter sich hatten, fing Holl an zu lachen und sagte, er täte sich nicht wundern, wenn er auf der Almhütte wahnsinnig würde. Schon die Mitfahrenden waren eine Komödie für sich. Margrit, die hübsche, verwöhnte Tochter eines Arztes, hielt Stecher und Föber, der Hals über Kopf in sie verliebt war, ein wenig zum Narren. Föber war der Sohn eines zum Beamten aufgestiegenen Arbeiters und verteidigte auf der Universität die Herrschenden gegen die Kommunisten. Stecher, der von den Bauern schwärmte, schämte sich, der Sohn eines Arbeiters zu sein.

Der Güterweg, auf dem Holl den Kleinbus zu einem Alpenhotel hinauflenkte, erinnerte Holl an Alfred Main. Er fragte sich, wie oft Alfred Main auf diesem Güterweg wohl ins Dorf hinuntergefahren und in der Nacht auf den höchsten und entlegensten Hof zurückgekehrt sein mochte, mit der Erkenntnis, sich aufhängen zu müssen.

Alfred Main war dreiundzwanzig Jahre alt, als er sich umbrachte. Jeden Abend stand er neben dem Kinoeingang und starrte die Leute an, die ihn von seinem ersten Schultag an ignoriert hatten, in einem Dorf, das nur von Bauern umgeben ist.

Da ihm die Komödie, in die Stecher ihn verwickelt hatte, irrwitzig vorkam, mußte Holl lachen. Beim Abmarsch bekam er wieder diese Lachkrämpfe, wie er sie bei Militärmärschen gehabt hatte, wenn er hinter fettärschigen Unteroffizieren her ging, weil er wußte, daß sie nicht durchhalten würden. Um über Stecher, der auf einen riesigen, vollbepackten Rucksack eine Decke und einen Schlafsack geschnallt und an dem Rucksack noch zwei große, mit Proviant vollgestopfte Plastiktragetaschen hängen hatte, lachen zu können, ließ Holl ihn auf den Skiern, auf die er Felle geschnallt hatte, die Führung übernehmen. Stecher zog dann auch, als hätte er eine Intrige zu entfachen, zügig auf den ersten Graben los. Aber schon als sie jenseits des Grabens an den ersten Steilhang gerieten, riß einer von Stechers Fellriemen, so daß er die Skier abschnallen und auf die Schulter nehmen mußte. Ein Stück weiter oben konnte Holl auch über die Plastiktragetaschen, die so lustig baumelten, nicht mehr lachen, weil infolge der Kälte ihre Griffe abrissen und die Taschen nun von ihm und Föber getragen werden mußten. Außerdem war es nicht so, daß sie, wie Holl großzügig geschätzt hatte, in zweieinhalb Stunden die Hütte erreichten, vielmehr sah es aus, als würden sie die Hütte überhaupt nicht erreichen. Margrit und Holl mußten schließlich Föber und Stecher die Rucksäcke abnehmen und mit je zwei Rucksäcken durch mehr als einen Meter tiefen Schnee waten, wobei das letzte Stück, die Alm selber, steil anstieg. Margrit und Holl erreichten in fünfeinhalb Stunden die Hütte. Stecher und Föber brauchten allein für die letzten hundert Meter fast eine Stunde und kamen insgesamt eineinhalb Stunden später, mehr kriechend als gehend, an.

Wäre es nicht die Hütte gewesen, von der aus Holls Onkel als Sechsjähriger die Volksschule besuchen mußte, in der jeder Gegenstand Hunderte von Menschengeschichten hätte erzählen können, wäre der Aufenthalt ohne Folgen geblieben, so aber sah er sich wieder aufs engste mit der Bauernwelt und seiner Vergangenheit konfrontiert.

Der erste Abend war natürlich noch voller Geschäftigkeit. Als Stecher und Föber keuchend in die Vorhütte stolperten, war es schon neun Uhr. Es mußte Holz gespalten werden. Auf der Esse in der Vorhütte hatten Holl und Margrit bereits ein Feuer gemacht. Eine Pfanne mußte ausgerieben werden, um in ihr Schnee für Teewasser zu schmelzen. In einem der Stubenfenster war eine Scheibe gebrochen. Das Loch, durch das Schnee auf den Tisch, der Stecher viel zu verschmiert war, geweht worden war, mußte zur Not mit einem Stück Karton verdeckt werden. Der Boden, auf dem Stroh und Dreck lag, den Holzknechte zurückgelassen hatten, mußte gekehrt werden. Der runde eiserne Ofen, der nur qualmte, weil der Rauch durch das schneebedeckte Hüttendach nicht entweichen konnte, mußte geheizt werden. Die Pritschen mußten gerichtet werden. Stecher trank nur durch Servietten gesiebtes Wasser. Stundenlang würgte es Stecher, als er auf der Tischplatte ein Stück Mausdreck entdeckte. Endlich konnten sie sich am ersten Abend noch über den Anmarsch unterhalten.

Aber am nächsten Tag dachte Holl bereits nach.

Daß Stecher sich vor jeglicher Arbeit drückte, wunderte ihn nicht. Solche Menschen hatte er auch haufenweise beim Durchfahren von heruntergekommenen böhmischen Dörfern gesehen. Zu denken gab ihm die Unbekümmertheit, mit der Föber in der Vorhütte, wo niemand sich aufhielt, den ganzen Tag Holz verbrennen wollte, ohne sich zu fragen, wie lang das Holz überhaupt reichen würde, geschweige denn einen Gedanken daran zu verschwenden, wie das Holz in die Hütte gekommen war. Föber auseinanderzusetzen, daß das Brennholz nicht von Heinzelmännchen gesammelt, sondern daß Taglöhner bezahlt werden müßten, daß Taglöhner auf die Alm gehen müßten, um Bäume zu fällen, und das Holz zur Hütte getragen werden müsse, gelang Holl noch, aber alles übrige, was ihn von diesen Leuten unterschied, konnte er nicht einmal in Gedanken ausmachen. Früher hatte ein Erlebnis das nächste erschlagen, und er hatte vor lauter Erlebnissen nicht reden können, und jetzt, als nur mehr die Gegenstände an die Menschen erinnerten, Menschen, die höchstens gesagt hatten, daß ihnen Salz, Mehl oder Brot fehle, wurde er vor lauter Erinnerungen beinahe verrückt. Es gab ja keinen Platz, auf dem er nicht schon gesessen war. Er konnte nichts anfassen, nirgends hingreifen, ohne nicht sofort an eine Geschichte denken zu müssen. Wäre er ein episches Erzähltalent gewesen, hätte er sich an den Tisch oder aufs Bett von Bartl gesetzt und hätte, von einem alten Stiefel oder einem von den vielen in Wände, Tischplatten und Türen geschnitzten Blockbuchstaben und Namen ausgehend, in Ruhe zu berichten angefangen, dann hätten Stecher und seine Freunde nicht gekichert und sich über Lebensumstände, deren erstarrte Vergangenheit sie nun mit Fingerspitzen berührten, lustig gemacht, sondern wären aus der Hütte gewichen. Allein der Gedanke, daß die einen noch immer schweigend beim Arbeiten verrecken und die anderen, die von ihnen leben, sich schon wehren, wenn von Arbeit nur die Rede ist, machte Holl wahnsinnig. Der Aufenthalt auf der Hütte, von der aus sein Großvater angefangen hatte, Landarbeiter, Bauern, die eigenen Kinder und seine Frau auszubeuten, dessen Schreckensherrschaft ja nicht einfach eine Laune gewesen war, dauerte ja nur einige Tage. Die Rückfahrt machte sich Holl erträglich, indem er so schnell fuhr, daß die Mitfahrenden bis zur Ankunft aus Angst kaum zu atmen wagten. Ihre Unterhaltung hätte ihn wütend gemacht.

Er arbeitete und lebte ja unter Studenten und hatte sie schon zwei Jahre reden gehört, aber immer aus verschiedenen Gesichtern, immer mit Unterbrechungen, nie länger als einen Abend. Aber da gab es immer noch Zerstreuung, indem sie von Wirtshaus zu Wirtshaus zogen, wo er zwar mit Studenten am Tisch saß, sich aber in Wirklichkeit mit der Umgebung beschäftigte. Aber auf der Hütte war er zum erstenmal in seinem Leben vier Tage hindurch der Unterhaltung von Durchschnittsstudenten ausgesetzt, in der nur sie selber und ihre Bedürfnisse zum Ausdruck kamen. Und er sah wohl auch, daß sie nichts zwingt, aus dem, was sie wahrnehmen, Schlüsse zu ziehen. Sie sehen keine Zusammenhänge, weil sie keine Zusammenhänge sehen wollen. Aber Holl sah Zusammenhänge, zumindest versuchte er unabhängig von den Meinungen, die auf ihn einwirkten, zu Zusammenhängen zu kommen, die er von seinen Erfahrungen herleiten konnte.

Als Lorz von seinem Schlafzimmer ins Wohnzimmer trat, warf er einen ungewöhnlich langen Blick auf die zerflossene Kerze auf dem Tisch, der neben der Couch stand, auf der Holl lag. Als Birgit etwas später aus einem anderen Zimmer kam, bemerkte er zu ihr, auf die zerflossene Kerze deutend, daß sie noch lange auf gewesen sein müßten, was wie ein Vorwurf klang. Birgit ging aber, ohne etwas dazu zu sagen, zu den Fenstern und zog die Vorhänge auf. »Da draußen«, sagte sie, »steht eine Frau und starrt mich an.« Lorz trat daraufhin vorsichtig ans Fenster und sagte nach einer Weile, daß es die Frau sei, die er vor acht Tagen kennengelernt habe. Sie stand ein Stück vom Haus entfernt auf einer reifbedeckten Wiese. Die Vorgeschichte dazu war, daß Lorz sie auf einem Trachtenball kennengelernt hatte und mit ihr nach Hause gegangen war. Am nächsten Tag läutete es bei ihr in der Wohnung. Lorz fragte sie, wer denn so früh schon zu ihr auf Besuch komme. Sie antwortete ihm, das frage sie sich auch. Sie geht zur Tür, macht auf und begrüßt mit Ausdrücken der

Überraschung ihre Eltern. Lorz kommt der Verdacht, daß es sich um eine Falle handeln könnte, und flüchtet sich in einen Kleiderschrank. Die junge Frau und ihre Eltern tun dann so, als würde niemand fehlen. Lorz ist auch nicht überrascht, als er durch die Schranktür mitbekommt, daß die Besucher für mehrere Personen Frühstück mitgebracht haben. Beinahe zwei Stunden frühstücken und reden Vater, Mutter und Tochter, als ob außer ihnen niemand in der Wohnung wäre. Als Lorz endlich den Schrank verlassen kann, ist ihm klar, daß er noch im Bett mit einem aufwendigen Frühstück hätte überrumpelt werden sollen, um innerhalb weniger Stunden zum Opfer einer Blitzaktion gemacht zu werden. Das sagt er jedoch nicht, sondern begründet seine Flucht in den Schrank damit, der jungen Frau eine peinliche Überraschung zu ersparen, indem er ja nicht habe wissen können, wer sie schon so früh an einem Sonntag besuchen würde.

Einige Minuten, nachdem Hans Lorz blaß vom Fenster zurückgetreten war, läutete die Türklingel. Bald darauf, als die Belagerin von der Telefonzelle aus ihre Eltern benachrichtigt hatte, daß Lorz in der Wohnung sei, läuteten Telefon und Türklingel. Zwischendurch schrieb die Belagerin, die, wenn sie nicht klingelte, im Stiegenhaus auf der Treppe hockte, Zettel, die sie durch den Briefschlitz in die Wohnung warf, Zettel, auf denen Charaktereigenschaften standen, die nicht auf Lorz zutrafen, da Lorz den Bereich des sprachlich Benennbaren schon längst überschritten hatte. Die Stiegenhausbelagerung dauerte bis in den späten Nachmittag, aber telefonisch ging die Belagerung weiter. Den ganzen Abend und die ganze Nacht läutete in Abständen von vier bis fünf Minuten in drei Wohnungen das Telefon, bei Birgit, bei Lorz und bei seinem Vater, was Lorz noch viel unangenehmer als die Stiegenhausbesetzung war.

Die tragische Geschichte der Geschwister Lorz begann wahrscheinlich schon damit, daß ihre Mutter vom Land in die Stadt geheiratet hatte und trotz aller Versuche, mit einer ganz und gar aus Äußerlichkeiten bestehenden Kleinbürgerordnung fertig zu werden, an ihr zugrunde ging. Sie gehörte nicht zu den Selbstmördern, die verdrossen herumhocken und nicht mehr wissen, was mit sich anfangen. Sie war noch so voller Energien, daß sie auf einen Berg stieg, um sich von einer Felswand in den Tod zu stürzen. Das Schlimme daran war, daß es sich dabei um einen Berg handelte, den man von der Wohnung aus sehen konnte. Wie unerträglich für sie die kleinbürgerliche Aufstiegswelt gewesen sein muß, ging aus den Fotografien, die noch von ihr da waren, hervor. Auf fast allen Fotografien war sie in Aktion. Den Hintergrund bildeten Schutzhütten, Wanderwege, Wiesen, Almen, Gletscher. Immer war es ein Hintergrund, der mit der Welt, in der sie lebte, nichts zu tun hatte. Auf den meisten Fotografien war sie mit lachendem Gesicht abgebildet. All das schien furchtbar übertrieben und war höchstens daraus zu erklären, daß sie sich weder mit ihrer früheren noch mit ihrer neuen Umgebung verständigen konnte und sich deshalb in ein sprachliches Niemandsland flüchtete.

In dieses sprachliche Niemandsland flüchteten sich dann auch die Kinder. Hauptsächlich Hans Lorz, Birgit wurde von ihm eigentlich nur mitgerissen. Birgit war noch nicht einmal zwölf Jahre alt, als sie schon den gesamten Haushalt führen mußte. Diese frühe, aus Handgriffen bestehende Sicherheit hatte sie auch jetzt noch. Mit erschreckender Schnelligkeit, wie Holl es nur bei Bäuerinnen gesehen hatte, konnte Birgit eine Mahlzeit auf den Tisch stellen. Sie führte ihren Haushalt, wusch und bügelte ihrem Bruder die Wäsche, hielt die Wohnung ihres Bruders in Ordnung und arbeitete ganztägig als Sekretärin. Da durch den plötzlichen Selbstmord ihrer Mutter, den sich niemand erklären konnte, die ganze Haushaltsarbeit ihr zugefallen war, verrichtete sie dann nicht nur ihre Arbeit, sondern sah sich auch als Mutter. Sie erwähnte die Mutter kaum und wenn, dann kam deren Selbstmord meist als unveränderbare Tatsache vor, von der aus sie sich ihr eigenes Leben zu erklären versuchte, es aber nicht konnte, weil sie in der Sprache und Logik der Kleinbürger erzogen worden war. Sie verurteilte sich damit nur selber. Die katholische Moral lastete überhaupt mörderisch auf ihr. Als sie Holl, dessen Denken zum Teil immer noch von katholischer Keuschheitspolitik beschlagnahmt war, einmal flehentlich gestand, sie habe mit sechzehn Jahren eine Schwangerschaft abgebrochen, tyrannisierte er sie einen halben Abend lang damit, daß Schwangerschaftsabbruch Mord sei. Nicht einmal ihr Bruder wußte von der Geschichte, die sie Holl anvertraute, in der Hoffnung, er würde für sie Verständnis aufbringen. Aber Holl saß da, hörte Birgit zu, ließ sich die Ausweglosigkeit und Verzweiflung einer schwangeren Sechzehnjährigen durch den Kopf gehen und sprach anschließend von Mord. Nicht einmal in ihrer engsten Umgebung konnte Birgit Lorz von sich reden, ohne danach kaltschnäuzig abgeurteilt zu werden. Ihre Erinnerungen, Gedanken, Träume, alles, was sie bewegte, war in den Augen der Gesellschaft illegal. Was konnte sie da anderes tun, als sich bewegen, immer in Bewegung sein. Sie konnte nicht Abend für Abend allein in ihrer Wohnung hocken. Sie mußte immer Leute um sich haben und wurde schnell für sie tätig.

Sie versuchte immer etwas. Auch in das Machwerk für Volksbildung ging sie hinein und kam schon nach einer Woche verstört heraus, weil ein Deutschlehrer sie vor der Klasse angebrüllt und beschuldigt hatte, sie sei pervers. Zum Glück beschuldigte er sie auch noch, sie habe Siegmund Freud gelesen. So konnte wenigstens nachträglich das Gebrüll des Deutschlehrers verlacht werden. Der Grund, warum der Deutschlehrer wütend zum Unterricht erschien, war, daß Birgit Lorz anstatt eines Aufsatzes einen Traum ins Heft geschrieben hatte.

Nachdem Lorz und Birgit ihm einen Teil ihrer gemeinsamen Geschichte erzählt hatten, wobei sie sich die Ursachen auf verschiedene Weise zu erklären versuchten, fand Holl, der sich nun mehr mit Birgit als mit Hans Lorz auseinandersetzte, allmählich Zugang zu Birgits verschiedenen Gesichtern. Nach allem, was er von ihr wußte, kam sie ihm nicht mehr hilflos vor, im Gegenteil, er fing an, sie für eine starke Frau zu halten, eine Frau, von der er dachte, daß er mit ihr leben wollte. Der schnelle Wechsel von verschiedenen Ängsten, Gefaßtheit und selbständigem Handeln bewirkte, daß sie sich zu Holls Überraschung plötzlich wieder nicht darum kümmerte, ob sie ihn laut katholischer Hausordnung nun besuchen durfte oder nicht, sondern sie kam einfach, als würde es auch sonst keine unausgesprochenen Regeln und Erwartungen geben, noch dazu nach der Nacht, in der er befürchtete, eine schreckliche Angst bringe sie um ihre Sinne. Das hatte ja schon wieder etwas Erotisches an sich, denn er mußte nicht befürchten, schon nach kurzer Zeit herauszufinden, wer sie nun wirklich sei.

Zu Holls Beziehungen zu Frauen gehörte auch, daß er immer mit etwas Unerwartetem rechnete. Bis auf wenige Ausnahmen, deren Zustandekommen von einer momentanen Stimmung abhing, so daß er das darauffolgende Treffen, wenn die Angesprochene überhaupt dazu erschien, nur benutzte, um wieder von ihr loszukommen, waren seine Bekanntschaften flüchtig und von Mißverständnissen und Unbeholfenheiten geprägt. Manche von diesen flüchtigen Beziehungen wollte er deshalb wieder aufnehmen, um begangene Irrtümer zu korrigieren. Da dies aber nicht möglich war, hoffte er, einmal eine Frau kennenzulernen, mit der er alle bisherigen Fehler vermeiden würde. Gleichzeitig wurde das aber immer schwieriger, denn er wollte weder mit Eltern und anderen Familienangehörigen noch mit gängigen Existenzplänen etwas zu tun haben. Er beteiligte sich auch an keinem der langfristigen Wettbewerbe, in die manche Schönheiten ihre Verehrer verwickelten. Anfällig war er für Nebensächliches. Eine bestimmte Geste, ein bestimmtes Lä-

cheln konnte erreichen, daß er sich augenblicklich ver-
liebte, so heftig, daß sein vergöttertes Opfer darüber nur
mehr erschrecken konnte, was dann höchstens dazu
führte, daß er Häuser, Straßen, ja ganze Stadtteile,
mochte er sie vorher gräßlich gefunden haben, plötzlich
mitliebte. Begegnete er später, nachdem sein Schmerz
versiegt war, einem dieser Opfer, dachte er bestürzt darüber nach, was ihn an dieser Person angezogen haben
konnte. Die meisten dieser von ihm heraufbeschworenen
Liebesgeschichten hingen mit Kindheitseindrücken zusammen, an die er sich im Augenblick der Befangenheit
aber nicht erinnerte. Wenn er daran dachte, wie viele
glückliche Fortpflanzungsbetriebe er auf die Weise schon
hatte errichten wollen, wurde ihm übel.

Am schärfsten jedoch reagierte er auf Langstreckenpro-
gramme, die auf Beschwichtigungen hinauslaufen sollten.
Diese Art von Frauenpolitik war ihm zu bekannt. Ihre
stöhnenden Resultate hörte er zu oft reden, um sich nicht
erst einbilden zu müssen, er würde es besser machen.

Was ihn bei Birgit allein schon beruhigte, war, daß es
die üblichen Erschwernisse wie Besucherverbote nicht
gab. Da mußte er nicht in einer Straße stehen und stun-
denlange Vermutungen über Gehör und Laune eines ihm
unbekannten Hausbesitzers anstellen, um irgendwelche
Befürchtungen in den Wind zu reden. Die Schwierigkeiten, die mit Birgit auftauchten, hatten mit ihr, mit ihrem
und seinem Leben zu tun. Birgit fing erst an, ihm zu
gefallen, nachdem er schon beschlossen hatte, sie ganz
schnell wieder zu verlassen. Aber als sie im Zusammenhang mit der Stiegenhausbelagerung von sich zu reden
begann, gerieten ihm seine Meinungen und Eindrücke
über sie durcheinander, und es entstand wieder eine
andere Birgit. Als er wegging, war er sicher, eine erfahrene Frau kennengelernt zu haben. Als er auf die Straße
trat, fühlte er sich auf einmal so stark, daß er Leute in die
Häuser treiben wollte. Um mit seinem wahnsinnigen
Glück, endlich einen fixen Punkt, eine Zugehörigkeit zu

haben, allein zu sein, ging er zu Fuß in die Stadt, obwohl sein Nachfolger als Hausmeister schon seit über zwei Stunden auf ihn wartete, um von ihm Schlüssel und Arbeitsanweisungen in Empfang zu nehmen.

Da er wie andere Abendgymnasiasten für das letzte Semester, um sich auf die Abschlußprüfungen vorzubereiten, eine Arbeitslosenunterstützung bezog, hatte er jetzt viel Zeit und konnte mit sich tun und lassen, was er wollte. Er hatte schon wieder ein Ziel, das weit über seine Fähigkeiten hinausreichte. Er schrieb oder, besser gesagt, versuchte heimlich Gedichte zu schreiben. Er wollte Schriftsteller werden, obwohl er in den vier Jahren, was das Schreiben von Aufsätzen betraf, sprachlich keine nennenswerten Fortschritte gemacht hatte. Er kämpfte immer noch mit Grammatik, Rechtschreibung und Ausdrucksmöglichkeiten. Eine Entwicklung gestand er sich nur im Literaturverständnis zu. Wahrscheinlich faszinierte ihn die Literatur auch deshalb, weil sie sich nicht bewegte, was einmal auf Papier gebannt war, veränderte sich nicht mehr, im Gegensatz zu dem unruhigen Zeitgetriebe, mit dem er sich beschäftigte oder zwangsläufig beschäftigen mußte, wobei er sich veränderte und ständig verändert wurde. Als er vor Jahren zum Lesen gebracht worden war, waren es ja nur einzelne Bücher gewesen, die er begierig in sich hineinlas. Aber jetzt waren es Hunderte von Büchern, die zu lesen er sich vornahm. Somit fühlte er sich auch nicht mehr gebunden, denn wo immer es ihn auch hinverschlagen würde, wäre er ein Mensch mit unbefriedigten Interessen. Das Problem war nur, daß er über die Bücher, die er gelesen hatte, reden wollte. Das konnte er mit den Studenten nicht. Mit den Studenten konnte er Karten spielen. Bier trinken. Singen. Auf Almhütten gehen. Ins Kino gehen. An einem Abend drei Sportschauen über sich ergehen lassen. Aber um über Literatur zu reden, mußte er in die Mechanikerbar gehen. Da hockten Leute, die beim Wort Literatur aufhorchten.

Der pensionierte Pensionsversicherungsangestellte, ein dünner weißhaariger Mann, der bei jeder Gelegenheit in den niedrigsten Tönen über die Sozialdemokratie herzog und dabei sämtliche in seiner Nähe stehenden Gläser umstieß, konnte sich nicht nur stundenlang über Bertolt Brecht ereifern, sondern schien überhaupt ganze Literaturgeschichten im Kopf zu haben. Er hatte immer Bücher bei sich, die er verlieh oder verschenkte. Ein anderer, von dem er behauptete, er habe ihn in die Literatur gejagt, wußte genau über den Prager Kreis Bescheid und kannte sich gut in der amerikanischen Literatur aus. Sehr belesen war auch der Kunstakademiezuhälter. Auch der kleine Faschist, der seine Abende immer auf demselben Barhocker in der Folterknechtstube verbrachte, war belesen, ließ aber nur Bücher mit einer sauberen Sprache gelten und unterschied streng zwischen Autor als Verfasser eines literarischen Werkes und Autor als Mensch. Holl war über diese Kategorien zuerst verwundert, entdeckte dann aber, daß er sich durch den kleinen Faschisten, der auch nur eine Zeitung gelten ließ, viel Zeit ersparen konnte, indem er ihn mit Namen auf die Probe stellte. Je heftiger sich der kleine Faschist über einen Namen entsetzte, umso interessanter wurde er für Holl. Denn was den kleinen Faschisten zu Schwärmereien veranlaßte, gefiel Holl nicht und umgekehrt. Auf diese Weise kam Holl rasch zu einer Auswahl, die ihm der Deutschunterricht nicht vermittelte, nebenbei lernte er einen von den vielen Unveränderbaren kennen, einen, der nur bestimmte Straßen geht, der nur bestimmte Lokale aufsucht, der nur mit bestimmten Leuten spricht, einen, der eine bestimmte Meinung hat und diese Meinung auch pflegt.

Es dauerte nicht lange, da verfiel Birgit in Ängste, er würde sie verlassen. Er wußte aus eigener Erfahrung, daß sich negative Erwartungen nicht innerhalb kurzer Zeit durch Gespräche umkehren lassen. Diese Befürchtungen waren auch nur flüchtig. Da er nicht vorhatte, von ihr wegzugehen, hoffte er, sie würden sich mit der Zeit ganz verlieren. Wichtiger schien es ihm, sie davon abzubringen, sich mit Hilfe von Wilhelm-Busch-Versen über ihre Vergangenheit hinwegzusetzen.

Holl kam nicht ganz mit, als Birgit ihn eines Abends unter der Tür anstarrte, daß ihm einen Augenblick vorkam, er stehe vorm Parteivorsitzenden der Sowjetunion. »Es ist aus«, sagte sie. »Es ist aus«, wiederholte sie. »Es gibt dazu nichts zu erklären.« Sie wich langsam vom Vorraum in die Küche zurück und sah dabei aus, als würde sie in der nächsten Sekunde entsetzlich zu schreien anfangen. Zwei Tage darauf sagte sie, daß Lorz gesagt habe, sie dürfe ihn, Holl, nicht ruinieren. Er sei für sie zu schade. Holl, der über diese Art von Schicksalslenkung zunächst einmal eine Weile lachte, mußte schließlich einsehen, daß Birgit trotz aller Widersprüchlichkeiten seinem Beschützer gehorchte. Lorz selber, mit dem er entweder gar nicht oder ausführlich über alle Rätsel, in die er sich gestürzt sah, sprechen wollte, ging ihm in einer Weise aus dem Weg, daß er nicht einmal flüchtig in seine Nähe kam. In einer Mischung aus Leere und Langweile sagte sich Holl, daß von jetzt an einfach drauflosgelebt werde. Er gab Birgit natürlich nicht auf, er dachte ja andauernd an sie und träumte von ihr. Er tat nur, als würde er sich mit der von Lorz herbeigeführten Entscheidung abfinden, weil er wußte, daß Birgit durch gewaltsame Besuche nicht davon abzubringen wäre. Eine seiner Hoffnungen war, daß sie Lorz' Einflüsse zurückweisen würde, denn sie machte in Gesprächen immer Unterschiede zwischen Lorz und sich. Am wenigsten dachte er über Lorz' Befürchtungen nach, daß seine Schwester ihn ruinieren könnte, denn darauf würde er schon selber achten.

Bedroht fühlte Holl sich von jemand ganz anderem, von jemandem, den er zwei Jahre kaum beachtet hatte. Jemandem, der genau wußte, wieviel Aufwand ein

Mensch betreiben muß, um sich aus der Rolle des Hilflosen zu befreien. Und nach jedem Versuch gibt es diese verfluchten Blicke. Auch die anderen Kollegen wenden sich um, wenn einer, der nie gesprochen hat, plötzlich zu reden anfängt. Aber sie tun es aus Überraschung. Die anderen Blicke jedoch, die immer von der gleichen Stelle kommen, treffen zuerst nur das aufgeregte Gesicht, dringen aber bald tiefer, immer mit dieser verneinenden Kopfbewegung. Und allmählich entsteht im Hilflosen ein noch viel jüngerer Hilfloser, der mit logischen Einsichten vor der Stiefmutter kapitulieren muß. Bei der Stiefmutter hatte er sich die Konflikte erspart, indem er in ihrer Gegenwart nach Möglichkeit nicht redete und sich dachte, wozu schlage ich mich mit dieser blöden Kuh herum. Was er nie hatte tun wollen, aber längst hätte können, war, einfach mit Fräulein Gärtner zu schlafen. Fräulein Gärtner, die oft aus Verzweiflung und Einsamkeit weinte und sich ein Kind wünschte, sah in Holl einen unbekümmert und aufrecht durch die Welt schreitenden Bauern und verglich ihn mit dem Mesner, einem Bauernsohn, der mit ihnen die Abendschule besuchte, der wirklich zu der Sorte von Menschen gehörte, mit denen man jahrelang durch Konzentrationslager ziehen konnte, ohne daß es an ihnen etwas bewirkt hätte. »Sie«, sagte Fräulein Gärtner, langsam ihren Kopf schüttelnd, »müssen immer etwas dagegen haben.« Je mehr Holl, seine Hemmungen bekämpfend, sich im Reden übte und sich gegen die Lehrer zu wehren versuchte, umso häufiger versuchte Fräulein Gärtner, ihn mit ihren Blicken zu verunsichern, was ihr auch gelang. Wenn sie ihn manchmal bat, mit ihr eine Bar aufzusuchen, tat er dies mehr aus Furcht und in der Hoffnung, sie würde ihn dann in Zukunft mit ihren »Pendelblicken« in Ruhe lassen. Nur deshalb, weil er sich vor ihr und der verdrängten Stiefmutter, die ihn mit genau diesen Blicken über ein Jahrzehnt zum Schweigen gebracht hatte, fürchtete, hatte er nicht vor, alles übrige über sich ergehen zu lassen. Was habe ich, sagte er

sich, mit Fräulein Gärtners Vorstellung von einem aufrecht durch die Welt schreitenden Bauern zu tun, wenn
ich es nicht bin und es auch nicht sein will? Etwas mehr
als einen Monat war es noch, dann würde er, ohne sich
umzusehen, aus dem Machwerk für Volksbildung hinausgehen und tun, als ob er es nie betreten hätte. In den
Pausen unterhielt er sich oft mit Fräulein Gärtner und
deutete an, daß sie nun bald mit ihren Pendelblicken
allein sein würde, schlief aber dann doch mit ihr, obwohl
oder weil er sie wegen ihrer Taktiken haßte.

Fräulein Gärtner blühte auf, weil sie glaubte, er gehöre
nun ihr. Sie ging nicht auf seine Frage ein, warum sie ihn
gequält habe. Sie warf ihm vor, warum das nicht schon
viel früher habe sein können. Ja, dachte er, wer schläft
schon gern mit seiner Stiefmutter.

Die Blicke waren nach einer Nacht auch tatsächlich
weg. Fräulein Gärtner wollte dann nur noch, daß Holl an
Gewicht zunehme, daß er sich beruhige und einem gere-
gelten Leben entgegensehe. Jetzt richtete sie ihre Augen
wohlwollend auf seinen Körper und war besorgt, daß er
plötzlich verschwinden könnte. Aber das tat ihm alles
nichts mehr.

Ein Reifeprüfungsabschluß muß natürlich gefeiert werden. Mit einer Zeitung, für die der Buchhalter schon jahrelang Stoff gesammelt hat. Der Inhalt muß natürlich
dem Geist der Stadt angepaßt sein. Originell und witzig.
Von über hundert Menschen, die sich mit dem Machwerk für Volksbildung eingelassen haben, schließen acht-
zehn ab. Die Zahl ist, verglichen mit den vorangegange-
nen und nachfolgenden Jahrgängen, sehr hoch und wird
vom Direktor nicht ohne Rührung auf den Buchhalter,
den Genieverdächtigen und etliche andere, die er zusam-
menfassend als »Zugpferde« bezeichnet, zurückgeführt.
Von Hans Lorz ist nicht die Rede. Lorz ist wegen seiner
eher unterdurchschnittlichen Noten nicht als Vorbild zu
gebrauchen. Friedrich, der kurz vorm Abschluß die

gesamte Klasse in ein mehrere Tage andauerndes Durchfallabenteuer verwickelte, der Sozialist, Holl, der Mesner und zum Teil auch Lackner wären ohne Lorz nicht ans Ziel gekommen. Als Holl später einmal nachrechnete, wie viele Lorz vor Mathematikschularbeiten zu sich in die Wohnung eingeladen hatte, kam er auf eine Zahl über zwanzig. Holl war wegen Birgit zu wütend, um Lorz als den hinzustellen, der am Ergebnis des abendlichen Bildungsabenteuers, soweit es seinen zahlenmäßigen Ausgang betraf, am meisten Anteil hatte. Lorz schien inmitten der strahlenden Leistungsantlitze recht glücklich, betätigte sich als Organisator von Versöhnungen und sprach von zukünftigen Klassentreffen. Lorz war gekränkt, als Holl, der von den Lehrern sagte, daß sie, wenn sie andere Berufe hätten, keine üblen Menschen wären, sich verabschiedete und sagte, er möchte den Leuten aus seiner Klasse nie mehr begegnen. Er blieb nur einige Stunden und ging dann in die Mechanikerbar, um dort seine Freiheit zu feiern.

Das Patent für die Welt des Redens hatte er nun. Von jetzt an wollte er für sein Leben auch verantwortlich sein.

Er hatte Anspruch auf ein Stipendium und fand allmählich die Welt, obwohl sich nichts an ihr geändert hatte, gelöster. Natürlich, er war aus dem Arbeitsprozeß ausgeschieden und konnte zum ersten Mal in seinem Leben in Ruhe seine Zeit bestimmen, sich die Tage einteilen und sich von der Erschöpfung, die der Besuch einer Abendschule mit sich bringt, erholen. Aber nicht lange. Er bekam einige Anrufe von Fräulein Gärtner, denen er keine Bedeutung beimaß. Als die Anrufe aber nicht aufhörten, sondern in immer kürzeren Abständen erfolgten, und Fräulein Gärtner nicht davon abließ, ihn zu überreden, daß er sich mit ihr wieder einmal in einem Lokal treffen sollte, befielen ihn manchmal schon dramatische Gefühle. Er tröstete sich aber jedesmal schnell, daß gewisse Scherze mit einem Menschen nicht gemacht werden dürften. Gewisse Ungeheuerlichkeiten dürfe es einfach nicht geben. Aber die Anrufe hörten nicht auf. Es war von nichts anderem als von einem Treffen in einem Lokal die Rede, aber so, als müßte er sich mit ihr treffen. Einmal, als Fräulein Gärtner ins Studentenheim gerannt kam, um mit Holl zu sprechen, ließ er sich verleugnen, rief aber dann doch bei ihr zu Hause an. Fräulein Gärtner war nicht da. Ihre Mutter, eine alte Frau, teilte ihm mit süßlich tönender Stimme mit, wo er sie finden würde. Und er solle doch wieder einmal auf Besuch kommen, ihre Tochter würde sich bestimmt sehr darüber freuen. Fräulein Gärtner und Holl trafen sich schließlich in einem Park. Fräulein Gärtner ging schweigend neben Holl auf eine freie Bank zu, setzte sich langsam und knöpfte langsam ihre Jacke auf, um Holl mit Genuß vorzuführen, daß sie schwanger sei. Sie liebte das Stumme. Sie blieb, um Holls Betroffenheit auszukosten, eine Weile auf der Bank hocken. Holl, der zu ihr einmal gesagt hatte, er würde jede von ihm schwangere Frau sofort heiraten, versuchte zu lachen.

»Sie«, sagte er, »haben sich ja immer ein Kind gewünscht.«

»Aber doch nicht jetzt«, sagte Fräulein Gärtner lächelnd.

Sie rufe an, sage aber kein Wort, daß sie schwanger sei.

Es gebe Dinge, die man am Telefon nicht sagen könne.

»Dann hätten Sie mir einen Brief schreiben können.«

»Ich wollte Sie zuerst überhaupt nichts wissen lassen und das Kind allein aufziehen. Aber meine Freunde haben mir geraten, mich doch mit Ihnen zu treffen.« Ihre Mutter wisse noch nichts, sie müsse es ihr aber bald sagen. Die Sache sei nur, »das heißt, ich möchte, daß wir pro forma heiraten. Sie wissen ja, wie schwierig es für ein Kind ist, wenn seine Eltern verschiedene Namen haben. Das wäre nur für kurze Zeit, dann könnten wir uns wieder scheiden lassen.« Alimente brauche er nicht zu zahlen, es genüge, wenn er eine Lebensversicherung abschließe, damit das Kind später einmal etwas in der Hand habe.

So fällt mir also meine eigene Geschichte auf den Kopf.

»Wieso haben Sie mich eigentlich so beschworen, daß nichts passieren würde?«

»Ich war überzeugt, daß nichts passieren könnte.«

Zuerst sagte sie, es sei gefährlich. Dann schaute sie ihn an, schaute wieder auf den Kalender, überlegte und sagte plötzlich, sie habe sich geirrt. »Sollten Sie nun wirklich von mir schwanger sein, haben Sie das wahrscheinlich bewußt herbeigeführt. Aber Sie haben sich getäuscht. Ich lasse Sie mit dieser Geschichte allein. Sie sind nicht so unbeholfen, wie Sie sich immer hingestellt haben. Sie möchten mich hilflos machen, um mich trösten zu können. Sie möchten einen Mann, der Sie unterdrückt. Ich werde Sie nicht pro forma heiraten. Ich werde von der Gerechtigkeitsmaschinerie die Vaterschaft feststellen lassen.«

Ich bin für Birgit zu schade, weil sie mich ruinieren würde. Eine wirklich tolle Geschichte habe ich nun, die tollste Geschichte meines Lebens. Ich war doch nur freier und beweglicher als die anderen, weil mich der Gedanke, jederzeit Selbstmord begehen zu können, beruhigt hat. Jetzt, wo ich mir endlich die Gewißheit verschafft habe, daß die unsterbliche Seele nur eine menschliche Erfindung ist? Jetzt soll mich auf einmal etwas hindern, jederzeit freiwillig in den Tod zu entrinnen? Mir lebenslänglich die Lächerlichkeit dieser Gesellschaft gefallen lassen? Mit Menschen leben, die noch immer nichts anderes gelernt haben, als sich gegenseitig auszubeuten und zu unterdrücken? Nur weil von mir ein Sperm im Schoß von Fräulein Gärtner hängengeblieben sein soll? Nein. So einfach lasse ich mich nicht fangen. Er ging langsam durch die Stadt und beschloß, in den nächsten Tagen wegzufahren. Seine gewollten und ungewollten Bekannten, die Stadt und ihre Moral, ihre fröhliche Geschäftigkeit, das alles war ihm zuviel, um mit seinem über den Haufen geworfenen Leben zurechtzukommen. Zwischendurch brach er auch in Gelächter aus, über sich und darüber, was die Geschichte alles in Bewegung setzen würde. Das stets übel gelaunte und durch jede Kleinigkeit verletzbare, mit allen erdenklichen Ängsten und Widersprüchen lebende Fräulein Gärtner. Ihre um vierundvierzig Jahre ältere Mutter, eine Witwe. Mutter. Vater. Stiefmutter. Bruckmann. Helene. Georg. Ulrike, die Tochter von Helene und Georg, die wegen einer Schwangerschaft hatte heiraten müssen und nun versuchte, das Beste daraus zu machen. Seine früheren Freunde. Seine Reden, was er alles nicht machen würde. Lorz. Birgit. Überall war er eine positive Existenz, je mehr die Leute von ihm wußten, umso weiter wichen sie von ihm weg. Und es gab Menschen, als deren Werk er sich verstand. Als Helenes Werk. Als Lorz' Werk. Als Bruckmanns Werk. Der Rücksichtslosigkeit seines Vaters verdankte er die schnelle Schulung seiner Sinne, seine Spottlust, sein Interesse für die Arbeiter. Wie würde er nun vor diese Menschen treten? Vor die vielen anderen Menschen, deren wohlwollende Blicke ihm schon geholfen hatten? Am meisten Angst hatte er vor Helene, vor deren kritischem Verstand, dessen Schüler er war. Die Haltung, an den Machenschaften der Menschen Kritik zu üben, hatte er von ihr gelernt. Ihretwegen hatte er sich immer wieder aufgerafft, um das zu machen, was ihr bei ihren Kindern nicht gelungen war; sie studieren zu lassen. Ihr strenges, erhobenes Gesicht würde, was sie bei Ulrike nicht hatte durchgehen lassen, bei ihm auch nicht durchgehen lassen. Für einige Tage erklärte er alle Gedanken und Gefühle für ungültig und versuchte, sich auf sein nächstes Reiseziel, Florenz, zu konzentrieren. In Florenz würde sich herausstellen, ob er von Florenz nach Rom, wo er gehofft hatte, seine Vergangenheit zur Sau machen zu können, oder überhaupt noch weiter in den Süden fahren würde. In Italien jedenfalls würde eine Entscheidung fallen.

Florenz gefiel ihm so gut, daß er seinen Plan, auch noch für eine Woche nach Rom zu fahren, von Tag zu Tag hinausschob und schließlich ganz aufgab. Er kam nicht einmal dazu, in die umliegenden Städte zu fahren, die er innerhalb eines Tages hätte besichtigen können. Er fuhr nur oft mit dem Bus nach Fiesole, wo es noch eine heruntergekommene, von den Touristen gemiedene Bar gab, ging dort umher und starrte stundenlang in die Landschaft hinaus. Es waren aber nicht sosehr die Formen und Farben, was ihn an dieser Landschaft so faszinierte, sondern die Menschen und ihre Behausungen. Auf den ersten Blick sahen die mit roten Ziegeln gedeckten Behausungen furchtbar rückständig aus. In manchen der Häuser fehlten Fensterscheiben, und es gab keinerlei Anzeichen, daß es je welche gegeben hatte. Holl war auch nicht so einfältig, daß er sich nicht hätte vorstellen können: wenn Florenz weniger prachtvoll wäre, hätten die Menschen hinter Fiesole andere Häuser. Was ihn an diesen einfachen Menschen außerhalb von Fiesole so zu faszinieren anfing, war ihre Ruhe. Sie gingen ihren notwendigen Besorgungen nach, flickten verrostete Drahtgitter, die er einfach weggerissen hätte. Auch ihr Arbeitstempo störte ihn zuerst, so daß er am liebsten hingegangen wäre, um ihnen zu zeigen, wie nördlich der Alpen gearbeitet wird. Aber in der Sorgfalt, in der sie ihre Handgriffe ausführten, sah er bald, daß sie damit zugleich mit ihrem Leben so sorgfältig umgehen, daß sie sich auch kein anderes wünschen müssen. Obwohl ihm alles fremd war und er kein Wort von dem, was sie sagten oder sich zuriefen, verstand, kamen ihm diese Menschen so vertraut und natürlich vor, als hätte er schon Jahre mit ihnen gelebt. Aber er sah wohl auch, daß das Fortschrittsgesindel vor nichts haltmachen würde. Das Fortschrittsgesindel schaute ja schon längst mit großem Abscheu auf alles Ursprüngliche hinunter. Das Fortschrittsgesindel würde sie heimsuchen, sie vereinzeln, sie in Fabriken locken, ihre Gesichter bleichen und sie zu humorlosen, verstörten Arbeitsexistenzen machen. Was in Österreich oder Deutschland schon längst unmöglich war: Menschen bei der Arbeit zuzusehen, schien für die Italiener natürlich zu sein. Er konnte den Leuten ja nicht erklären, daß er sich für ihre Lebensweise und ihre Existenzbedingungen interessiere. So blieb er immer nur flüchtig stehen und versuchte, an den Gesichtern abzulesen, ob seine Neugierde sie störe. Umso erstaunter war er, daß sie ihm verschiedentlich freundlich zugrüßten. Noch erstaunter war er, als ein Mann, den er für den Padrone hielt, von einem größeren Grundstück auf den Weg heraustrat und ihm anbot, sich unter einen der Obstbäume in den Schatten zu setzen. Der Mann mußte ihn öfter neben dem Weg auf der Böschung sitzen gesehen haben.

Einmal stand er in der Nähe eines Hauses, in dem Musik von Benjamin Britten gespielt wurde, eine Platte, die er im katholischen Männerhaus oft gehört hatte. Die vertrauten Klänge versetzten ihn sofort in die Atmosphäre des katholischen Männerhauses, in Gehetze zur Arbeit, von der Arbeit, zur Schule, von der Schule. Er war erstaunt, daß er sich plötzlich an Menschen erinnerte, die er schon vergessen geglaubt hatte. Wirklich schade, dachte er, als das Orchester plötzlich mit Paukenschlägen verstummte. Er überlegte, ob er noch den englisch sprechenden Maler aufsuchen oder schon mit dem nächsten Bus in die Stadt hinunterfahren sollte. Im nächsten Augenblick rief ihm eine junge Frau vom Balkon herunter zu, ob ihm die Musik von Benjamin Britten gefalle. Sie legte dann die Platte noch einmal für ihn auf.

Als er einmal auf dem Postamt Briefmarken kaufte, hatte er um fünfzig Lire zu wenig Kleingeld. Er hielt dem Schalterbeamten einen Tausend-Lire-Schein hin und sagte, es tue ihm leid, er könne ihm kein Kleingeld geben. Der Schalterbeamte zeigte auf eine Kassette, in deren Rillen sich noch ein kleiner Rest an Münzen befand. Als er, um sich nicht länger mit Kleingeldabenteuern herumschlagen zu müssen, Holl die fehlenden fünfzig Lire schenkte, empörte sich ein deutsches Ehepaar, das nach Holl an der Reihe war, daß eine derartige Fahrlässigkeit in einem EWG-Staat nicht vorkommen dürfe. Die Deutschen traten ja schon wieder auf, als ob die deutsche Art zu arbeiten in den Himmel auf Erden führen würde. »Das ist wirklich ein Glück«, sagte Holl, »daß Sie nicht Italienisch können und der Schalterbeamte nicht Deutsch.« Es ärgerte ihn nämlich, daß ihn der Direktor des Studentenheimes, in dem er in Florenz wohnte, obwohl er ihm schon hundertmal gesagt hatte, daß er kein Deutscher sei, immer laut und deutlich als Deutschen begrüßte und ihn jeden Tag unter irgendeinem Vorwand das Zimmer wechseln ließ, bis er ihn schließlich im obersten Stockwerk in einem Zimmer hatte, in dem nur in der Nacht Wasser floß. Außer ihm wohnte eine New Yorkerin ständig im Haus, die gut Italienisch sprach. Als er ihr sagte, daß er nun schon bald durchs ganze Haus gezogen sei und gern wissen würde, weswegen er nicht endlich in einem Zimmer bleiben könne, antwortete sie ihm, das wäre doch interessant. Interessant schon, sagte Holl, aber der andauernde Zimmerwechsel verwirre ihn. Er sei nicht nach Florenz gekommen, um sich jeden Tag eine andere Zimmernummer zu merken. Schließlich erklärte sich die New Yorkerin mit Zögern bereit, für Holl mit dem Direktor zu reden, sagte ihm aber gleich, daß sie es ungern tue und sich nichts davon verspreche. Die Deutschen, übersetzte sie für Holl an der Portierloge vom Italienischen ins Amerikanische, hätten eine bewegte Geschichte und müßten deshalb in Bewegung bleiben. Der Portier wiederum, der Holl erklären wollte, warum der Direktor so streng mit Deutschen verfahre, es aber nicht konnte, lud Holl nach jedem Zimmerwechsel und jedesmal, wenn er ihm in einer Straße begegnete, auf Kaffee und Cognac ein. Auf dem Markt, in einer Bar geschah es oft, daß er vor kleineren Betrügereien in Schutz genommen wurde. Erkundigte er sich unbeholfen nach einer Sehenswürdigkeit oder einem Lokal, bekam er bereitwillig Auskunft. Dabei wimmelte die Stadt von Touristen, Touristen, die ankamen, in ein oder zwei Tagen alle Sehenswürdigkeiten abliefen und durch ein Gewimmel von Ankommenden verschiedenster Nationalitäten verschwanden.

Er kam einfach nicht dazu, nach Rom zu fahren.

Ich lebe, dachte er auf der Rückfahrt.

Wie gräßlich.

Das war eine jämmerliche Geschichte, mit der er nun zu leben hatte und von der er nur hoffen konnte, daß sie sich im Laufe der Jahre ändern würde. Der Jammer war umso größer, als er wußte, daß Fräulein Gärtner zutiefst gekränkt in schrecklichen Ängsten ein Kind zur Welt bringen würde. Er hätte diese Ängste mindern können, aber er machte um die Straße, in der Fräulein Gärtner und ihre Mutter wohnten, einen großen Bogen, während sich in seinem Zimmer allmählich Briefe häuften, die bewirken sollten, daß er Fräulein Gärtner heirate. Die Mutter von Fräulein Gärtner kundschaftete alle, von denen sie annahm, daß sie irgendeinen Einfluß auf Holl hätten, aus und versuchte auch ihrerseits auf ihn einzuwirken, indem sie ihm schrieb, daß er es weit gebracht hätte und sich nun nicht drücken sollte, seinen Mann zu stellen, ansonsten schicke sie ihm Leute, die ihm ins Gewissen reden würden. Freilich war er nun erst recht nicht mit sich einverstanden, und er war deshalb auch nicht aufzuhalten. Den größten Druck übte immer noch seine verdrängte Vergangenheit auf ihn aus.

Anfangs ging er ja mit großem Eifer in die Universität hinein und studierte mit Ehrfurcht die Werke von Menschen, die in der Welt des Redens ein emsiges Dasein geführt und ihr zu hohem Ansehen verholfen hatten. Wie in jedem neuen Milieu, das er betreten hatte, war der Beginn natürlich von der Aufregung des Kennenlernens begleitet, zumal die Professoren und Assistenten selber wegen der Unruhen an ausländischen Universitäten angefangen hatten, um ihre Stühle zu bangen und sich aus diesem Grund genötigt sahen, sich auf unbedeutende Neuerungen und kleinere Experimente einzulassen. Natürlich gefiel es ihm, nicht mehr berufstätig zu sein und sich den Tagesablauf einteilen und unter den angebotenen Lehrveranstaltungen auswählen zu können. Nach dem mühsamen Gang durch die Abendschule, in der jede freie Meinungsäußerung bekämpft wurde, kam es ihm auf der Universität zunächst vor, als müßte er sich erst einmal eine Weile üben, um alle gebotenen Freiheiten auszukosten. Aber während zweier Semester ließ sein Eifer bereits nach, und eine stärkere Welt, die archaische Welt der Landarbeiter und Bauern, fing an ihn zu beschäftigen.

Sie brach zuerst in den Nächten über ihn herein und mischte sich in seine Träume. Vertraute Gesichter von Knechten, die er schon als Lehrling aus den Augen verloren hatte, tauchten immer häufiger unter denen von Studenten auf, mit denen er Umgang hatte. Auf einmal befand er sich auf einem Grundstück, auf dem er als Kind gearbeitet hatte, und sah in ziemlicher Entfernung von sich einen Bauern stehen, der, in Gedanken vertieft, keinerlei Notiz von ihm zu nehmen schien. Aber die Entfernung zu dieser gelebten Welt verringerte sich immer mehr, und er fing an von der Arbeit zu träumen. Einer von diesen Träumen war, daß er mit einem Studenten in der Mechanikerbar hockte und mit ihm bis in die frühen Morgenstunden zechte, und als sie die Bar verließen, setzte sich der Student auf ein Fahrrad, das zwischen Gehsteig und Straße an einem Ahornbaum lehnte, und fuhr davon, während er plötzlich im Finstern durch Haudorf ging und in den Ställen die Lichter angehen sah. Der Traum endete damit, daß er das Melkgeschirr aus dem Vorhaus holte und in Gummistiefeln durch den Dreck auf die mittlere Tür der Stallungen zuwatete, wie er es als Jugendlicher jeden Morgen getan hatte.

Aber nicht nur die von ihm verdrängte Welt der Landarbeit, die im übrigen ja die Gesellschaft verdrängte und verschwieg, mit deren Einrichtungsgegenständen sich aber das Bürgertum die Wohnräume schmückte und mit deren Arbeitsgeräten Geschäftemacher ihre Schaufenster dekorierten, beschäftigte Holl. Auch seine Gänge zu den Vorlesungen irritierten ihn, er, der von den Arbeitern weg in die Welt des Redens gelockt worden war, konnte auf die Dauer nicht übersehen, daß außer den Unternehmern auch die Welt des Redens auf ihnen lastete.

Ein Zollbeamter habe beobachtet, wie zwei Speditionsarbeiter in der Pause an Kollegen die kommunistische Zeitung weitergegeben hätten. Daraufhin sei der Zöllner sofort ins Büro, um darauf aufmerksam zu machen, daß unter den Arbeitern Kommunisten seien. »Der Zöllner ist wahrscheinlich der Meinung«, sagte der frühere Feinschmiedarbeiter Fritz Klampfner, »daß mein Bruder, seit er in die Spedition eingeheiratet hat, die Arbeiter besitzt.« Sein Bruder habe darauf nur gesagt, daß auf die reaktionäre Gesinnung der Speditionsarbeiter Verlaß sei. Er, Klampfner, sei dann aber der Sache nachgegangen, mehr in der Neugierde, ob sich auf dem Speditionsgelände Studenten herumtrieben. Er sei dann enttäuscht gewesen, daß nicht Studentinnen, sondern Stürzl die Zeitungen verteilt habe. Diesen habe er einige Tage darauf im Speditionswirtshaus getroffen. Nur stumpfsinnig dahinarbeiten sei ihm ja auch bei Feinschmied schon auf die Nerven gegangen. Das führe letzten Endes nur in den Tod.

In den Tod, sagte Holl, der gerade vom Selbstmord Walter Benjamins gelesen hatte, führe es so oder so. Es sei ihm auch gleichgültig, ob etwas nur in den Tod führe oder ganz einfach überhaupt in den Tod führe. Darüber rede er aber nicht weiter, sagte Klampfner. Er sei eigentlich nur gekommen, um zu fragen, warum er, Holl, nicht bei der Partei sei.

»Ich? Ich und bei der Partei sein? – Ein neuer Parteitrick«, lachte Holl und rückte ein Stück vom Tisch ab. »Du wirst doch hoffentlich nicht annehmen, daß mich die Tatsache, daß du mich einmal mit Fensterkittkugeln beschossen hast, so sentimental macht, daß ich mich in einen aufrecht gehenden Irrtum verwandle. Ich wähle nach wie vor kommunistisch, gehe aber seit eineinhalb Jahren in der Umgebung des Parteihauses nicht einmal mehr essen.«

Was auch damit, sagte Klampfner, zusammenhängen könne, daß das Essen in Arbeitergegenden nie übertrieben gut gewesen sei. Das Parteihaus stehe nun einmal in einer Arbeitergegend. Das lasse sich nun einmal nicht trennen. Es würde ihn aber doch interessieren, was einen ehemaligen Arbeiter am Parteihaus der Arbeiter so abstoße, daß er sich gezwungen sehe, seine Kostplätze zu verlegen.

»Ich glaube, du bringst einiges durcheinander«, sagte Holl und rückte noch ein Stück weg. »Warum ich meine Kostplätze aus dieser Arbeitergegend wegverlegt habe, hat nichts mit der schlechten Verpflegung zu tun. Auf dieses Eis bringst du mich nicht. Und deine Genossen, die ich mit viel Widerwillen noch immer unterstützte, schon gar nicht. Warum ich der Kommunistischen Partei nicht beitrete, hat damit zu tun, daß ich dann gleich wieder parieren muß. Ich darf nicht mehr sagen, was mir an der Sowjetunion nicht paßt. Ich muß, um überhaupt aufgenommen zu werden, sagen, daß ich für den Einmarsch in die Tschechoslowakei bin. Du mußt wissen, daß ich auf der Universität herumliege, wo auch Mitglieder der Kommunistischen Partei herumliegen. Durch den Eintritt in diese kleine Kommunistische Partei müßte ich auf einmal einen Menschen vortäuschen, der ich nicht bin. Ich müßte gegen italienische und französische Kommunisten sein, weil italienische und französische Kommunisten den Einmarsch in die Tschechoslowakei verurteilt haben. Obwohl die mächtige Sowjetunion sich diese Kritik gefallen läßt. Beziehungsweise sich einfach taub stellt, obwohl die KPdSU in ihren Ländern sehr hellhörig ist. Ich müßte so tun, als wäre ein kurzes, gegen den mächtigen Regierungsapparat der Sowjetunion geschriebenes Gedicht schon ein Verrat an der arbeitenden Bevölkerung. Ich müßte den Revolutionär Leo Trotzki verurteilen. Ich dürfte über seine Mörder nur sagen, was mir die Parteioberen, die ich, zu dir gesagt, für ängstliche Arschlöcher halte, zu reden gestatten. Vor über dreißig Jahren hat Stalin durch Mercander Trotzki erschlagen lassen. Ein Bauernsohn hat sich erst bis zur sowjetischen Parteispitze hinaufarbeiten müssen. Chruschtschow hat den einbalsamierten Mörder der Revolution in den Dreck gekippt. Weißt du, was das heißt? Da gehört viel Überzeugung und Mut dazu, um sich über die schweigende Parteimehrheit hinwegzusetzen. Und wie hat die Partei darauf reagiert? Die Partei hat einen anderen Standpunkt eingenommen. Das Parteigesindel wechselt einfach den Standpunkt und beruft sich auf das Volk, holt sich — wie in der Tschechoslowakei — Leute aus der werktätigen Bevölkerung und läßt sie durch das Fernsehen reden, um der beherrschten Bevölkerung vorzumachen, sie wäre an dem jeweils neuesten Parteiabenteuer, was die Partei natürlich nicht Abenteuer, sondern Parteibeschluß nennt, beteiligt gewesen.« Die Bevölkerung sei natürlich in der Partei vertreten, aber nicht als Wille, sondern als Angst.

»Du möchtest dich also drücken«, sagte Klampfner. »Du möchtest unbelästigt, wie du sagst, auf der Universität herumliegen. Auf wessen Kosten liegst du eigentlich auf der Universität herum?«

»Auf Kosten der Kommunistischen Partei nicht.«

»Auf wessen Kosten dann?«

»Was heißt dann? Du wirst mir wohl nicht einreden wollen, daß die Kommunistische Partei mein Studium finanziert?«

»Das nicht. Aber die Kommunistische Partei vertritt als einzige Partei die Interessen der arbeitenden Bevölkerung. Und daß die arbeitende Bevölkerung unter anderem auch für die Kosten deines Studienplatzes schuftet, wirst du wohl nicht abstreiten?«

»Das bestreite ich auch nicht.«

»Gut. Dann müßtest du dich konsequenterweise auch in der Partei, die die Interessen der arbeitenden Bevölkerung vertritt, engagieren. Weißt du, dein Trotzki ist tot. Deinen Trotzki kannst du dir an den Hut stecken. Dein Trotzki geht mich nichts an.«

»Ich habe Trotzki nicht erfunden«, so Holl.

»Aber ich habe«, sagte Klampfner, »während du auf der Universität anscheinend wenig gelernt hast, begriffen, durch die Kommunistische Partei begriffen, wo und wer ich bin. Ich habe durch die Kommunistische Partei begriffen, daß die Entwertung meiner Arbeit und meiner Existenz überhaupt nicht etwas ist, das sich natürlich entwickelt hat, sondern nach wie vor organisiert wird. Du scheinst dich zu vergessen. Was du uns vorwirfst, das schreiben frei herumlaufende Zeitungstrottel tagtäglich. Stell dir vor, wieviel Arbeit sie hätten, wenn sie von ihrer Pressefreiheit wirklich Gebrauch machen würden? Stell dir vor, sie würden nur über das augenfälligste Unrecht berichten. Was glaubst du, welchen Aufstand an Volksfreundlichkeit es dann plötzlich geben würde. Ja dann würde es plötzlich von volksfreundlichem Gesindel wimmeln. – Ich weiß, daß du auf der Universität für die Arbeiter eintrittst.«

Holl: »Da gibt es einige Genossen, die mich manchmal sogar zu Wort kommen lassen, so als dürfte ich auch einmal eine Dummheit vorbringen.«

»Das unterstellst du ihnen. Du kannst mir glauben, wir interessieren uns sehr für dich.«

»Wir? Was soll dieses Wir? Ich habe mein Leben lang nie wir sagen können.«

»Genauer gesagt habe ich, Klampfner, ein besonderes Interesse an dir. Die Genossen wissen auch nicht, daß ich mit dir bei Feinschmied gearbeitet habe. Falls ich dich doch noch überzeugen kann, unserer Partei beizutreten, wäre es auch gut, wenn wir vorher nicht zusammen gesehen würden. – Stürzls Plan ist nach wie vor, auf Summerau den Sitz des Weltkommunismus zu errichten. Ich spiele in der Partei den Trottel, wie ich unter der Feinschmied-Belegschaft den Trottel gespielt habe.« Da gebe es Leute, sagte Klampfner, die glaubten, die Partei gehöre ihnen. Aber die Partei gehöre der arbeitenden Bevölkerung. »Wir werden die Partei zurückerobern. Egal ob es den Eingesessenen und Eingeborenen paßt oder nicht. Wir werden nicht warten, bis sie in Parteiehren sterben. Das sind Stalinisten. Aber du darfst nicht denken, daß es mir Spaß macht, nach und nach die Geschichte der sozialistischen Verbrechen kennenzulernen. Die sozialistischen Verbrechen gibt es. Die sozialistischen Verbrechen gibt es, aber sie gehen mich nichts an. Nicht jetzt. Aber die Sozialdemokraten, denen ich vor zwei Jahren noch meine Stimme gegeben habe, gehen mich etwas an. Die Sozialpartnerschaft geht mich etwas an. Und du kotzt mich bald an. Weil du ein humanistischer Grabredner bist. Du hättest zu mir kommen müssen. Nicht ich zu dir. Aber was tust du? Du sammelst Vergangenes, stopfst deine Vorstellung von Partei voll mit Mord, Verrat, Angst und anderem Schrecken, um nicht ernstlich in Versuchung zu kommen, etwas für die Partei deiner Geldgeber zu tun.«

»Du kennst mich nicht. Mein Leben ist kein Vagabundendasein. Aber langsam kommt es mir vor, als hätte ich ein Vagabundendasein geführt.« Auf dem Ecktisch in der hintersten Etage des Cafés, in dem Klampfner Holl beim Lesen eines Aufsatzes über Walter Benjamin in der Emigration überrascht hatte, lagen außer der Sammlung ›Zur Tradition der Moderne. Aufsätze und Anmerkungen 1964–1971‹ von Helmut Heißenbüttel ein Band Erzählungen von William Faulkner, ein Notizbuch und eine Füllfeder. »Machen wir es doch so. Oder noch besser. Machen wir es kurz. Wenn du mich für einen humanistischen Grabredner hältst, dann fürchte ich, daß wir uns nicht verständigen können. Das ändert auch nichts daran, daß Stürzl mich gekannt hat. Ich meine wirklich gekannt hat und daß du mit Stürzl anscheinend befreundet bist. Ich bin nicht bereit, meine Person aufzugeben. Ich bin nicht bereit, mich unter Leute zu mischen, deren geradlinigem Katastrophenblick ich ja schon die längste Zeit aus dem Weg gehe. Ich versteh das auch nicht. Stürzl selber hat oft und oft getobt, daß ein Kommunist zu einer Person kommen müsse. Und das will ich. Das ist mir aber nicht erst heute eingefallen. Meine Versuche, mich gegen Bestimmungen und Ordnungen zu wehren, gehen zurück bis in mein drittes Lebensjahr. Und ich habe es immer noch nicht aufgegeben, etwas zu wollen und etwas zu werden. Damit bin ich nicht allein. Ziller. Heinrich Klock. Lorz. Lemmer. Friedrich Baumer. Um nur einige zu nennen. Ja sogar der Scheinwerferzertrümmerer bringt mich irgendwie weiter. Denn wenn ich eines seiner Fahrzeuge sehe oder in die Nähe seiner Villa komme, weiß ich, was getan werden sollte. Aber wenn ich in die Nähe des Hauses komme, in dem die Kommunistische Partei einquartiert ist, denke ich: ach ja, eine Kommunistische Partei gibt es ja auch. Du nimmst doch hoffentlich nicht an, daß ich in dieses Haus hineingehe, um mir langsam aber sicher meine Lebenssinne ermorden zu lassen. Da«, er nahm die vor ihm liegende Aufsatzsammlung und sagte, »in einem solchen Buch stecken viel Zeit, Arbeit, Geduld und geistige Energie. Fast hätte ich gesagt: geistige Onanie.« So heiße nämlich die Auseinandersetzung mit Literatur, die kein Kampfgeschrei anstimme.

In ihm, Klampfner, stecke auch geistige Onanie, nur frage er sich, wem sie nütze. »Wer onaniert denn für mich? Die Gewerkschaft vielleicht? Weißt du, wie Meilinger für die Feinschmiedbelegschaft onaniert hat? Der Betriebsrat, der Sozialdemokrat und Gewerkschaftsvertreter Meilinger hat ständig getan, als würde er für unser

Wohl onanieren, aber er ist dabei Werkmeister geworden.« Ein sozialdemokratisches Schicksal, wie es in allen sozialdemokratischen Ländern zu finden sei. Der Betriebsrat Meilinger sei Werkmeister geworden, wiederholte Klampfner. Das bringe ihn nicht irgendwie weiter. Das bringe ihn weiter. Mehr als die Hälfte der zur Tür hinausgekündigten Feinschmiedbelegschaft sei freiwillig dem Ekel gewichen. Da müsse er wirklich lachen. Er, Holl, falle mit humanistischen Grabreden über die Geradlinigen her, aber die Geradlinigen seien die einzigen, die ernsthaft für Arbeiter onanierten. »Ohne Geradlinige kein Klassenkampf. Das muß endlich einmal in deinen humanistischen Kopf.«

»Parteiquatsch.«

»Parteiquatsch? Bin ich die Partei?«

»Aber du sagst doch selber, daß du in der Partei wieder nur den Trottel spielst.«

»Weil ich muß. Weil ich gelernt habe, daß ich irgendwo anfangen muß. Ich bin Arbeiter. Die Partei ist für mich wie eine Fabrik. Es ist alles da. Menschen, Häuser, Vervielfältigungsmaschinen, Zeitungen und Geld.«

»Und Lügen.«

»Lügen? Ziele! Die kommunistischen Parteien verfolgen Ziele und werden deshalb mit Lügen bombardiert. Aber kommt die Bourgeoisie denn aus freien Stücken auf die Idee, endlich ihren Gestank an uns abzutreten? Erwartest du von der Bourgeoisie, daß sie unserem Befreiungskampf gelassen entgegensieht und ihre Radiotrottel, ihre Zeitungstrottel, ihre Fernsehtrottel anweist, objektiv zu sein? Oder gar Lob? Daß uns Lügen angelastet werden, ist schon richtig. Diese Lügen gefallen mir. Gegen diese Lügen vorzugehen, ist die Arbeit der Geradlinigen. Die Geradlinigen stehen zu uns. Sie legen sich mit den eingesessenen Genossen an, diskutieren, opfern ihre Freizeit, schreiben Flugblätter, verteilen Flugblätter, machen Zeitschriften und nehmen in Kauf, für wandelnde Irrtümer gehalten zu werden. Und sie wissen nicht einmal, was wir mit ihnen vorhaben. Sie werden einiges von uns lernen müssen. Diese behütete Freiheit, die sich Studenten und Intellektuelle für die werktätige Bevölkerung ausdenken, hat nichts mit dem Summerauer Manifest zu tun. Sie wollen uns, aber nicht das Summerauer Manifest. Sie wollen Stürzl ausschließen, müssen sich aber immer wieder eingestehen, daß sie Stürzl nicht mehr ausschließen können. Geht Stürzl, gehen auch seine und meine Anhänger. Aber das ist dann nicht einfach ein Gehen, ein Weggehen, ein geschlagenes, wie es tagtäglich Gekündigte erleben, sondern ein gemeinsames Gehen. Das wissen die Verfechter der Trennung von Hand- und Kopfarbeit auch.« Das Summerauer Manifest, sagte Klampfner lachend, teile die Bevölkerung nämlich nicht in Kopfarbeiter und Handarbeiter ein. Mit einer solchen Einteilung im Hirn für die Freiheit zu kämpfen, wäre eine schöne Gefangenschaft.

In dem aus drei Etagen bestehenden Café saßen junge Leute, über deren Unbekümmertheit sich manchmal sogar der kleine Faschist schon aufgeregt hatte. Sie saßen einfach da, in modischen Kleidern, wie sie in den Schaufenstern zu sehen waren, konsumierten Getränke, rauchten und hörten Beatmusik. Unter diese Unbekümmerten hatte Holl sich geflüchtet, um mit sich allein und doch unter Menschen zu sein. Um in Ruhe seinen Literaturinteressen nachgehen zu können, weil das anscheinend sonst nirgends mehr möglich war.

Er müsse noch einmal kurz verschwinden, sagte Holl im Aufstehen. Holl ging dann aber nicht nur auf die Toilette, sondern überhaupt aufs Trottoir hinaus und ging dort eine Weile vor dem Café auf und ab.

Es sei ihm jetzt leichter, sagte Klampfner, als Holl sich wieder zu ihm an den Tisch setzte.

Was er von sich, sagte Holl mit verzogenem Mund, im Augenblick nicht behaupten könne. Jedenfalls könne er sich nicht erklären, warum das Gefühl, das Lokal zertrümmern zu müssen, weg sei. Etwas sei jedenfalls anders, aber was, wisse er nicht.

Dann müsse das Summerauer Manifest, begann Holl erneut, ja auf heftige Widerstände stoßen.

Nicht bei den Arbeitenden, sagte Klampfner lachend. Der arbeitende Mensch sei doch schließlich kein Idiot und lasse sich, noch während er sich die schwer atmende, aufgedunsene Bourgeoisie vom Rücken streike, schon wieder für seine kommenden Reiter, die sich als Beschützer ausgeben, die Steigbügel anlegen. Reiter seien Reiter, ob sie sich nun mit Hilfe von unzugänglichen Theorien auf seinen Rücken schwingen oder ob sie wissenschaftlich auf ihm reiten würden, das ändere die Last nicht. Es ändere auch nicht viel, daß die Reiter immer leutseliger würden. Es habe ja Zeiten gegeben, da habe der arbeitende Mensch mit seinem Reiter nicht sprechen dürfen. Im Laufe der Geschichte aber seien die Reiter geschwätzig geworden, so geschwätzig, daß er manchmal schon Angst habe, der arbeitende Mensch halte das Geschwätz nicht aus und lasse sich von seinesgleichen besteigen. Der proletarische, der heroische Reiter sei nämlich, wenn er einmal sitze, ja wieder ein Reiter, der nicht mit sich reden lasse. Dieser Reiter müsse verhindert werden. Wenn er denke, sagte Klampfner, wie viele Menschen mit einem arbeitenden Menschen etwas vorhaben, so schwindle ihn jedesmal. Allein um alle Arten des Glücks, in das der arbeitende Mensch gestürzt werden soll, kennenzulernen, müßte er auf der Stelle aufhören zu arbeiten und dürfte nur mehr studieren. Das Summerauer Manifest, das durchzusetzen ihm Holl helfen solle, sagte Klampfner, stoße auf Widerstand, weil die Quelle allen Glücks, die zu verrichtende Arbeit, im Manifest frei wählbar und allen Menschen zugänglich sei.

Das Summerauer Manifest setze sich aber nicht von alleine durch, sondern müsse gezielt erkämpft werden. Das könne man nicht irgendwo, sondern am besten gleich in der Partei, die die Interessen des arbeitenden Menschen zu vertreten habe.

Obwohl er, sagte Klampfner, unabhängig von Stürzl – denn jeder von den Leuten, die Stürzl anwerbe, betrete unabhängig von ihm das Parteigebäude –, in das Haus hineingegangen sei und gewußt habe, was ungefähr ihn erwarten würde, sei er sich sofort wie ein Eindringling vorgekommen. Die Leute wären geradezu feindselig weit weggestanden und hätten nicht gewußt, was sie mit ihm reden sollten. Er habe dann die Zunge heraushängen lassen und sei mit heraushängender Zunge hinaus und wieder hinein. Einige Male sei er mit heraushängender Zunge vom Parteihaus auf den Gehsteig, vom Gehsteig ins Parteihaus und habe gedroht, wenn er nicht bald ein lachendes Gesicht sehe, werde er wieder gehen und sich in einer anderen Organisation engagieren. Um keinen Verdacht zu erwecken, habe er sich natürlich schulen lassen müssen. Natürlich auch sagen, daß er für den Einmarsch in die Tschechoslowakei und gegen die italienischen und französischen Kommunisten sei. Das Gegenteil zu sagen, hätte den Tschechen auch nicht mehr geholfen. Aber dann habe er erst die Entdeckung gemacht, daß der Mensch, der befreit werden solle, schon lange tot sei. Aber in Schulungsbüchern existiere dieser Mensch, der den arbeitenden Menschen von heute natürlich nur streife, immer noch. Würde er ihn nur vor den Kopf stoßen, würde sich ein arbeitender Mensch auch nicht mit ihm einlassen. Dieser Schulungsunterdrückte, der mit Hilfe der Bevölkerung befreit werden solle, mache hilflos. In Wirklichkeit sei ja nicht er, sagte Klampfner, hilflos, sondern der geradlinige Mensch wisse sich nicht mehr zu helfen. Aber ohne Stürzl, dem er in einem kurzen Freiheitstaumel, denn er habe dann Schulungen verschiedener Organisationen besucht und Sympathien einkassiert, abtrünnig geworden sei, wäre er den Geradlinigen wahrscheinlich zum Opfer gefallen. Zum Glück seien die Sympathien, die der arbeitende Mensch bei seiner Ankunft von den Organisationsmitgliedern kassiere, nur von kurzer Dauer. In einer Organisation habe es eine halbe Stunde gedauert, dann hätten die Geradlinigen ihre Kampfstellung eingenommen. Klassenkampf in England bis neunzehnhundertvierzehn, habe es sofort geheißen. Er sei dann noch am selben Abend in die kommunistische Organisation zurück. Was der arbeitende Mensch brauche, sei Verschlagenheit. Immer noch gehe der arbeitende Mensch direkt in seine Gefangenschaft. Der arbeitende Mensch müsse üben, seine Befangenheit abzustreifen. Konzerne hätten die raffiniertesten Aufnahmeverfahren. Um an den Arbeitsplatz zu kommen, den man haben möchte, müsse man üben. Zuerst in fünf oder mehr Personalbüros vorsprechen, in denen man gar nicht aufgenommen werden möchte. Und dann erst in das Personalbüro, wo man aufgenommen werden möchte. Es sei falsch, nur dann in ein Amt zu gehen, wenn man das Amt brauche. Anhänger des Summerauer Manifests gingen auch so in Ämter hinein, um ihre Person zu entwickeln und Mißverständnisse zu beseitigen. Die Forderung nach Besitz der Produktionsmittel helfe ihm nicht, wenn er sich dann immer noch vor ganzen Volksgruppen fürchte.

»Beschissene Wohltäter sind das, mit denen du dich auf der Universität herumtreibst. Die möchten uns Arbeiter wehrlos machen und gleichzeitig sollen wir ihnen helfen, an die Macht zu kommen. Sie haben aber keinerlei Vorstellung davon, wer wir sind.« Natürlich, sagte er dann weiter, habe ihn der Eintritt in die Kommunistische Partei weitergebracht, aber nicht so, wie die Kommunistische Partei es möchte. Die Kommunistische Partei sei ein Problem, sie habe die Leute verschreckt. Er, Fritz Klampfner, müsse die größten Anstrengungen unternehmen, um verläßliche Leute hineinzubringen und sie dann auch zu halten. Im Parteihaus rede ja nicht er. Im Parteihaus hätten vorläufig immer noch die Alteingesessenen das Wort, von denen Stürzl annehme, daß sie von den

Geradlinigen bald in den Hintergrund gedrängt seien. Aufgabe der Summerauer Manifestanten sei es, den Geradlinigen die Augen zu öffnen. Das sei viel Arbeit. Die Geradlinigen seien immer unter sich und hätten schon ihr eigenes Lachen und ihr eigenes Reden, mit dem er, Fritz Klampfner, nichts anfangen könne. Ein Summerauer Manifestant müsse sich aus überflüssigen Kontakten heraushalten und an sich arbeiten. Dieser arbeitende Mensch, den die Geradlinigen möchten, lebe überhaupt nicht. Der dürfe nur betrogen und nur ausgebeutet sein. Der dürfe nicht für sich verantwortlich sein. Der dürfe keine Dummheiten machen. Der dürfe nur ein sauberes, ausgebeutetes Leben haben, das in ihren Theorien leicht Platz finde. Damit ihren Theorien kein Schaden zustoße. Ihre zusammengelesenen Theorien, sagte Klampfner, seien den Studenten schon so ans Herz gewachsen, daß sie auch seinen Kot lieben würden. Es müßte sich nur ihr Leibtheoretiker in irgendeinem Zusammenhang zum Kot eines Arbeiters geäußert haben. Über den Verdruß, den es im Augenblick in Parteikreisen gebe, könne er eigentlich nur lachen, obwohl es eine traurige Geschichte sei. Angefangen habe der Verdruß schon damit, daß Parteiemsige verhindern wollten, daß Stürzl im Zusammenhang mit einer Italienreise einen Abstecher nach Bologna mache. Weil sie fürchteten, Stürzl würde das Parteiwerk nicht zu würdigen wissen. Stürzl, sagte Klampfner, sei ein Mensch der Untertreibung.

Fritz Klampfner, der Holl vorgeschlagen hatte, in eine Bar zu gehen, wo er Leute kenne, packte Holl am Mantelärmel, zog ihn in eine Seitengasse und ging rasch mit ihm auf ein Kino zu. Jetzt wären sie beinahe dem Parteidichter in die Arme gelaufen. »Der schreibt Gedichte zum 1. Mai.« Er, Klampfner, lese die Gedichte des Parteidichters manchmal Stürzl vor, um ihn zu quälen.

»Der arme Leimberger«, sagte Holl. »Jetzt hat ihn Meilinger also tatsächlich um den Werkmeisterposten gebracht.« Er konnte sich noch gut erinnern, wie ihm Leimberger am ersten Arbeitstag, als ihn alle anstarrten und ihn für einen der vielen »Neuen« hielten, die die Firma nach Belieben zur Hintertür in den Freitagabend hinauskündigte, im Aufenthaltsraum auf der Betriebsratsbank zu einem Platz verholfen hatte.

Andere Mitteilungen, die Klampfner Holl über den Betrieb machte, beschäftigten sich mit dem Lagerleiter, der nun als Oberlagerleiter in einem eigenen Büro saß und fast nur mehr Schreibarbeiten verrichtete. Er hatte um zwei große Lager mehr zu verwalten und grüßte schon lange keinen Arbeiter mehr. Aber was danach kam, ließ Holl, der Klampfner nach dem Verlauf der Jubiläumsfeier, von der er in der Zeitung gelesen hatte, fragen wollte, plötzlich aufhorchen. Es betraf nämlich Bergbauern, von denen Klampfner immerhin soviel wußte, nachdem er mit einer Leimberger-Partie einige Wochen lang Skilifte aufgestellt hatte, daß sie sich wirtschaftlich in einer ausweglosen Lage befänden.

Die Sache verlief so, daß Feinschmied Vertreter zu Bergbauern schickte, um ihnen Skilifte zu verkaufen. Die Vertreter redeten den Bergbauern ein, daß die Rentabilität nur eine Frage des Wettbewerbs sei. Sollte der Versuch, sich an den Einnahmen des Wintersports zu beteiligen, aber scheitern, würde das Unternehmen Feinschmied den aufgestellten Lift zurückkaufen und wieder abmontieren. Die Vertreter ließen auch durchblicken, daß es sich dabei um eine Art Entwicklungshilfe von seiten der Industrie an die Bergbauern handle. Die Schlepplifte, die Leimberger, immer noch um das Wohl der Firma besorgt, mit seiner Partie aufstellte, kamen aus der Schweiz. Das Aufstellen der Schweizer Schlepplifte, sagte Klampfner, sei noch irgendwie gegangen, obwohl es dabei schon zu Meinungsverschiedenheiten in der Partie gekommen sei. Da müsse einer schon ein Hirn wie Leimberger haben, um nicht bei der Ankunft bereits zu sehen, daß hinter der ganzen Schleppliftkampagne ein Riesenbetrug stecke. Dadurch, daß er in der Halle meistens nur Unternehmer zu Gesicht bekommen und geglaubt habe, Feinschmied betrüge andere Unternehmer, die ihrerseits wieder den Betrug weiterverrechneten, habe er noch irgendwie arbeiten können. »Aber ins Kärntnerische, ins Tirolerische, Osttirolerische, überall hinfahren, wo die Vertreter Kaufverträge abgeschlossen haben, den Betrogenen die Hand schütteln, mit den Betrogenen essen und manchmal auch im Haus der Betrogenen übernachten?« Um das auszuhalten, müsse man entweder einen Gehirnschaden haben oder ein halber Feinschmied sein.

Mitte Jänner hätten die ersten Schleppliftopfer bereits reklamiert, daß sich der Lift nicht rentiere. Feinschmied sei natürlich wieder nicht in der Firma gewesen, sondern in Sizilien und habe von Sizilien aus mit Leimberger telefoniert. Danach sei Leimberger stundenlang, mit beiden Händen vor seinem Kopf herumfuchtelnd, auf dem Hof und in den Hallen herumgerannt und habe »capito, capisce, non possibile«, und andere ihm unverständliche Wörter geschrien.

Zehn Prozent zahle Feinschmied für einen zurückgenommenen Lift. Zehn Prozent vom Verkaufspreis. Dann werde der Lift entrostet und lackiert und woanders als neuwertig aufgestellt. Die Bergbauern seien für Feinschmied einfach ein Stück Markt. Feinschmied sei beim Abmontieren der Lifte nicht dabei. Das Abmontieren funktioniere, weil Leimberger, was ihm gesagt werde, ausführe.

Feinschmied habe Leimberger verrückt gemacht. Feinschmied selber aber sei auch verrückt geworden. Schon seit längerer Zeit hatte Leimberger schreckliche Angst vor Feinschmieds Reisen und war durch die Fremdwörter schon so verwirrt, daß er oft selbst deutsche Wörter nicht mehr verstand, weil er bei jedem Gespräch mit Feinschmied mit mindestens zehn Fremdwörtern rechnete.

Der Betriebsleiter stehe nur noch verstört herum und fange schon zu fluchen an, wenn im Aufenthaltsraum nur gefragt werde, wie viele Länder Feinschmied nun schon bereist habe. Leimberger könne durch das Vorhalten einer Weltkarte, in der alle Länder eingezeichnet seien, in den Wahnsinn getrieben werden. »Du brauchst ihm nur sagen: schau, so viele Sprachen gibt es.« Jeder von Leimbergers Fingern sei verkrüppelt, sagte Klampfner. Er fragte Holl, ob er sich erinnern könne, wie Leimberger sich beim Nieten an einer Hand alle Finger aufgeschlagen habe. Leimberger habe den Vorschlaghammer nicht fallen lassen. Leimberger habe weitergeschlagen, weil die Niete noch geglüht habe. Damals sei er aber noch einigermaßen normal gewesen. »Mich selber«, sagte Klampfner, »hat der Gedanke, das Gefühl, daß nach und nach Menschen abhanden kommen, verrückt gemacht. Bald nach dem Einzug in die neue Fabriksanlage bin ich mir zeitweise wie ein Idiot vorgekommen.«

In der alten Werkstatt war die Belegschaft noch geschlossen gewesen und öfters in dem Wirtshaus, in dem Feinschmied anstatt eines Betriebsausflugs Lichtbildervorträge über seine Reisen gehalten hatte, am Abend beisammengesessen. Der Lagerleiter und der Betriebsrat hatten sich gegenseitig Bier über ihre Köpfe gegossen. Niemand war auf das Hineingehen in die neue, um das Zwanzigfache größere Anlage vorbereitet gewesen. Im alten Betrieb hätten sie auf engstem Raum arbeiten und oft im Freien in Drecklachen liegen müssen. Keinem wäre es in den Sinn gekommen, an eine Entmenschlichungsfalle zu denken. Meilinger, der den Federnschmieden, um Leutseligkeit vorzutäuschen, an die Geschlechtsteile griff, habe die Belegschaft bei einer Betriebsversammlung überlistet. Meilinger habe Leimberger Forderungen vorbringen lassen, und er selber habe plötzlich den zwischen Arbeitern und Firmenleitung stehenden Demokraten gespielt und habe seinerseits von Schulden und neugeschaffenen Arbeitsplätzen gesprochen, worauf Feinschmied Leimberger vor der versammelten Belegschaft niedergedonnert habe. Niemand von der bereits in Verräterpositionen zerteilten Belegschaft, niemand von den an die vierzig Neuen habe widersprochen. Von diesem Abend an sei dann eigentlich alles für Feinschmied gelaufen. Willi und er hätten dann auf alles, was wie neu ausgesehen habe, mit Kittkugeln geschossen. Das sei aber nur einige Jahre gegangen, dann hätten die Beschossenen auf Kittkugeln kaum mehr reagiert. Lexer sei gepeinigt worden, weil Lexer zu dem wenigen noch Greifbaren, was mit Menschen zu tun habe, gehöre. Einer wie Feinschmied gehöre auf der Stelle enteignet. Das sei aber nicht möglich, weil den Menschen, die man dazu brauche, das Gehirn verlorengegangen sei. Den Wirtschafttreibenden sei es gelungen, ihren Opfern Unternehmergehirne einzupflanzen. Die Wirtschafttreibenden reagierten nur, wenn ihnen Besitz abhanden komme. Den in die Arbeit Getriebenen falle ihr Stumpfsinn erst auf, wenn ihnen das Essen ausgehe. Er selber sei innerhalb einiger Jahre so abgestumpft, daß ihm Arbeitsunfälle Spaß gemacht hätten. Nicht bei Leimberger, denn Leimberger habe sich nichts anmerken lassen. Leimberger habe immer nur geblutet, aber nie geschrien. Die Jubiläumsansprache des Gouverneurs habe er sich nur angehört, um sich zu peinigen. Danach sei er auf die Toilette und habe aus Wut onaniert. Zum Firmenjubiläum seien aus Politik, Wirtschaft, Wissenschaft und Kunst eine Menge Leute eingeladen gewesen. Auch zwei Journalisten seien darunter gewesen und hätten Fotografien gemacht. Das Jubiläum habe ihm aber gefallen. Jetzt müsse er sagen, daß ihm das Jubiläum gefallen habe. Der Gouverneur, sagte Klampfner, habe nämlich zu den Arbeitern gesagt, er stamme von einem Bergbauernhof. Er habe natürlich nicht wissen können, daß die Jubiläumsfirma in Bergbauernbetrügereien verwickelt sei. Oder der Gouverneur habe davon gewußt und habe sich einfach auf seine Rolle als Landesvater verlassen. Jedenfalls habe die Angabe, daß er von einem Bergbauernhof stamme, den Gouverneur unter den Schleppliftmonteuren in ein schiefes Licht gerückt. Das sei ja überhaupt ein Betrug, mit einer niedrigen Herkunft zu hausieren. Sobald diese Leute einmal oben seien, erwische man sie ja doch nur beim Essen. Alles, was man von ihnen zu spüren bekomme, sei, daß sie mit viel Aufwand ihre Herkunft verlebten. Und es sei auch ganz natürlich, sagte Klampfner, daß keiner der Verantwortlichen zurückkomme. Dieses Wort sei überhaupt ein Betrug für sich. »In Villen und Regierungspalästen wird ununterbrochen die Verantwortung übernommen. Der Witz dabei ist, daß diese Leute etwas verantworten, das sie nicht verantworten können. Wenn ich dich in der Getreidegasse erschieße, kann ich nicht einfach weggehen und sagen: Ich, Friedrich Klampfner, übernehme dafür die Verantwortung.« Sich schuldig machen, heiße das, explodierte Klampfner.

So als hätte Holl ihm widersprochen, ging er auf einmal auf Holl los und beschimpfte ihn, daß der Gouverneur ein Freßsack sei. Der Gouverneur und alle am Regieren Beteiligten machten sich ununterbrochen schuldig und hätten die Frechheit, sich Verantwortliche zu nennen, aber alles, was sie täten, sei, auf Kosten der Bevölkerung sich und ihre Familien in Sicherheit zu bringen. Die Serviererin, die Fritz Klampfners Rede nicht abgeneigt schien, rief ihm über die Bar zu, daß er sich doch beruhigen solle, da auch noch andere Gäste im Lokal seien. Er sei Bürger dieser Stadt, rief Klampfner zurück, und rede, so laut es ihm passe. Er beruhigte sich aber wieder und sagte, daß er in seinem vierzehnjährigen Berufsdasein zumindest eines begriffen habe, und zwar, daß ein arbeitender Mensch systematisch in den Hinterhalt geführt werde und sich deshalb auch nur systematisch befreien könne.

Bevor Holl das Organisationsgebäude betrat, mußte er sich in Erinnerung rufen, daß ein Anhänger des Summerauer Manifests bestimmte Ausdrücke nach Möglichkeit zu vermeiden und dafür die geläufigen zu verwenden hatte. Partei. Die Partei. Die Kommunistische Partei. Parteitag. Parteibeschluß. Der Begriff Parteiausschluß gefährdete das Summerauer Manifest nicht, denn der Ausgeschlossene kam ja aus der Partei heraus. »Die Menschen, die Mitglieder in der Partei setzen sich zusammen, diskutieren oder diskutieren nicht, stimmen nach demokratischen Regeln ab, und das Abstimmungsergebnis schließt ihn dann aus.« Ob dieser von den Menschen in der Partei von der Partei ausgeschlossene Mensch, sagte Stürzl, der im Begriff war, das Parteigebäude zu verlassen, mit den Menschen heraußen über sein Erlebnis reden könne oder schweigen müsse, hänge ganz davon ab, unter welche Landsleute er sich begeben müsse. Der österreichische und der deutsche Mensch überhaupt seien immer noch darauf aus, sich von der Geschichte überrumpeln zu lassen, um dann sagen zu können, es habe ja so kommen müssen. Unter einen obrigkeitshörigen Menschenschlag möchte er, Stürzl, sich jedenfalls nicht als Parteiausgeschlossener begeben müssen.

In seiner Zeit im katholischen Männerhaus hatte Stürzl geglaubt, er könnte hinter dem Zusammenbruch der Begeisterung von 1968 hergehen und ohne viel Anstrengung die Reste des fehlgeleiteten revolutionären Optimismus niederschreien. Er hatte es überflüssig gefunden, mit dem Parteidichter innerhalb des Organisationsgebäudes über die Staatspolizei und politische Gegner zu kichern. In den Straßen zu drohen, daß ein Sommer heiß sein werde, war für ihn nach wie vor ein Privileg der Pariser Studenten.

Um zu der Bushaltestelle am Stadtrand zu kommen, von der aus Stürzl seit neuestem seine Spaziergänge unternahm, mußten sie zweimal umsteigen.

Der Mangel an politischer Begabung hierzulande zwinge ihn, meinte Stürzl, seine Vorgangsweise ständig zu ändern, ohne das Summerauer Manifest aus dem Auge zu verlieren. Jetzt mache er es so, daß er mit den größten

Lügen in das Organisationsgebäude hineingehe. Im Summerauer Manifest jedenfalls, sagte Stürzl, dessen Gesichtszüge sich plötzlich verfinstert hatten, dürfe nie der Verdacht aufkommen, daß eine Partei mit etwas anderem als mit Menschen gefüllt sei. Eine Partei sei ganz einfach mit Menschen gefüllt. Wenn es so wäre, daß sich ein Mensch durch das bloße Hineingehen in eine Parteiorganisation schon so veränderte, daß er, Stürzl, über Nacht vor ihm Respekt haben müßte, dann wäre es das einfachste, alle Menschen durch die Partei gehen zu lassen.

Das sei wohl ein ziemlicher Unsinn, empörte sich Holl.

»Unsinn?«

»Ganz einfach, weil nicht jeder in die Partei aufgenommen werden kann. Weil die Partei auch nicht jede und jeden aufnehmen will.«

»Die Partei?« fragte Stürzl. »Die Menschen in der Parteiorganisation! Die Menschen in der Parteiorganisation! Menschen mußt du dir vorstellen. Ganz einfach Menschen. Du mußt dich allmählich mit dem Gedanken vertraut machen, daß es falsch ist, von Apparaten zu reden, ohne dir vorzustellen, daß hinter einem Apparat auch noch ein Wicht hockt und irgendwo drückt. Der Wicht setzt den Apparat in Bewegung, aber er ist nicht der Apparat. Ohne die kleinbürgerlichen Wichte würde kein Konzern funktionieren. Kein Amt. Ohne Knopfdruck kann auch keine Bombe fallen. Der Apparat ist taub.« Und weiter sagte Stürzl: »Als Anhänger des Summerauer Manifests mußt du damit rechnen, daß du verfolgt wirst. Das Summerauer Manifest verspricht keine Orden.« Jeder Anhänger des Summerauer Manifests sei letztlich auf sich allein gestellt. Das höre sich im ersten Augenblick vielleicht erschreckend an. Leute, sagte er lachend, die sich an ihn heranmachten, in der Hoffnung, er würde sie über das Summerauer Manifest unterrichten, um sich als Vermittler oder Botengänger wichtig zu machen, nehme er auf Spaziergänge mit. Und wenn er weit genug mit ihnen gegangen sei, rede er mit ihnen über die

Zukunft. In der Stadt, sagte er mit einer Geste, die Holl an den Facharbeiter Steiger erinnerte, darüber zu reden, was sein werde, sei schon seit Jahren Zeitverschwendung. Meistens löse das Wort Zukunft allein schon einen kleineren Schrecken aus. Er gebrauche das Wort Zukunft aber nicht, um sich an dem zu rächen, was ihn in der Stadt quäle, sondern um sicherzugehen, ob dieser Mensch etwas mit dem Summerauer Manifest zu tun haben könnte.

Ob denn das Summerauer Manifest, fragte Holl, den Marxismus überhaupt negiere.

Womit das große Mißverständnis, sagte Stürzl mehr zu sich als zu Holl, eigentlich schon anfange. Um es aber kurz zu machen, stelle er ihm, Holl, nun einige Fragen. Ob sie nun schmerzlich für ihn seien oder nicht. Aber er, Stürzl, befinde sich nun einmal mit ihm außerhalb der Stadt. Und da brauche sich keiner etwas vorzumachen.

Warum er vom Hof weggegangen sei.

Ob er darauf antworten müsse.

Ja, das müsse er.

»Weil die Menschen, mit denen ich gelebt und gearbeitet habe, weggegangen sind. Als Holzfäller in die Wälder. Auf Großbaustellen ins Gebirge. Zu Bauunternehmen und Unternehmen überhaupt. Manche haben sich emporgearbeitet, sind Beamte. Manche liegen auf der Universität. Unternehmer. Schreckliche Unternehmer, ein ganzer Landstrich voll mit schrecklichen Unternehmern. Aber was soll das? Wohin? Hinunter. Hinauf. Nach Kanada, in die Schweiz, nach Australien. Das läßt sich nicht mehr sagen, wohin es die Landarbeiter verschlagen hat. Und ich weiß auch nicht, worauf du hinaus willst.«

Warum er nicht, fragte Stürzl, den Landarbeitern, von denen er gewußt habe, wo sie seien, nachgezogen sei.

Weil er, sagte Holl wütend, geglaubt habe, sie überholen zu müssen.

Und weiter.

Warum er sich dann nicht damit begnügt habe, Facharbeiter zu bleiben.

Holl protestierte, daß er, wenn ihm noch weiter Fragen gestellt würden, auf der Stelle umkehren und mit dem nächsten Bus in die Stadt zurückfahren werde. Er sei nicht herausgefahren, um sich von ihm auf einem Feldweg quälen zu lassen.

Das sei auch nicht seine Absicht, sagte Stürzl. Er wolle nur, da er von ihm so oft das Wort Wahnsinn gehört habe, auf einige einfache Dinge aufmerksam machen. Er brachte Holl dann wieder zum Reden.

Holl zählte gleich ein ganzes Heer von Menschen auf, die alle irgendwie mit seiner Entwicklung zu tun gehabt hatten. Lange sprach er nur von Josef Bruckmann. Ob er, Stürzl, sich vorstellen könne, wie einem jungen Menschen zumute sei, der sich gebrochen von der Bauernwelt losreißt und bei seiner Ankunft in der Arbeiterwelt entdecken muß, daß sie ihn nicht will, ja sogar haßt. Über ein Jahr sei er von jungen Arbeitern aus Wirtshäusern verjagt und über Böschungen hinuntergetrieben worden. Aufgehört habe die Verfolgung nur durch eine verirrte Liebschaft, indem Ulrike, Bruckmanns Schwester und die Tochter von Helene und Georg, einen Arbeiter, der seinerseits eine Arbeiterkindheit gelebt hatte, geheiratet habe. Dieser Arbeiter, sein Rivale, denn er, Holl, habe Ulrike geliebt, dieser Arbeiter sei dann gezwungen gewesen, seine Freunde, denen es Spaß gemacht habe, einen Großbauernsohn in die Knie zu zwingen, von der Verfolgung Holls abzubringen. Denn er sei ja kein Großbauernsohn, sondern Holl gewesen. Erst jetzt, sagte Holl mit verzogenem Mund, sei er in der Lage, über das einst Unverständliche zu reden. Auf einem Feldweg außerhalb der Stadt. In der Stadt, sagte er, die Faust in Richtung Festung schüttelnd, werde immer noch in katastrophalen Vereinfachungen gedacht. Und wieder beklagte sich Holl, wie schwer es ihm falle, in einer von nutzlosen und hinterhältigen Elementen angetriebenen Welt ein Kind zu haben. Er könne sich verändern, aber er könne keine andere Welt machen. Dann schrie er wieder, daß eine Revolution her müsse.

Er habe immer mit viel zu hohen Erwartungen gelebt. Das Wort Hoffnung kam oft vor.

Mit viel zu hohen Erwartungen sei er schließlich auch noch auf die Universität gezogen, die er nun bald nicht mehr betreten werde. Universitätsprofessoren seien überhaupt der größte Volksbetrug. Vierzehn Jahre, schrie Holl, habe er mit der Vorstellung gelebt – und er schlug sich mit den Fäusten auf den Hinterkopf –, daß Universitätsprofessoren intelligent seien. Der einzige Hauptschüler, den er in Haudorf gekannt habe, habe ihm, dem Landarbeiter, gesagt, daß ein Universitätsprofessor das höchste Amt einnehme, das der Staat zu vergeben habe.

Stürzl bog sich vor Lachen.

»Vierzehn Jahre?« schrie Stürzl.

Auch Holl, der Stürzl noch belehren wollte, daß es kein Spaß sei, einen Landarbeiter und die arbeitende Bevölkerung überhaupt durch Hunderte von Institutionen wissen zu lassen, daß eine Universitätslehrkanzel das höchste und intelligenteste Amt sei, das der Staat zu vergeben habe, brach in Gelächter aus.

»Vierzehn Jahre«, schluchzte er, Tränen lachend, in Stürzls Gelächter.

»Das ist ja Wahnsinn«, schrie Stürzl, »du verwechselst andauernd. Du verwechselst, aber du ziehst aus deinen Verwechslungen keine Lehren. Merkst du nicht, daß du auf einem Förderband stehst? Du stehst schon seit Jahren auf einem Förderband und förderst mit, und zwar dich und viele andere in ein Arbeitslager.«

Holl, der sich die Tränen aus seinem roten Gesicht wischte, durchfuhr ein Schrecken. Stürzl, dessen kurzgeschorenes Haar Holl nicht leiden konnte, weil es ihn an die vielen Bücher von Bertold Brecht erinnerte, denen er sich nun als einer, der vielleicht später auch einmal schreiben würde, fast ohnmächtig gegenübersah, stand neben ihm auf einem Rasen und beobachtete gelassen, wie Holl einige Schritte von ihm zurücktrat.

»Ein gigantischer Witz! Wirklich ein gigantischer Witz! Ich befördere andere in ein Arbeitslager? Das darf mir aber nicht jeder sagen.« Holl, der infolge seiner Krise wegen des Kindes und der damit zusammenhängenden Schwierigkeiten sich aufgeben und nur noch für andere leben und verantwortlich sein wollte, fühlte sich so tief getroffen, daß er daran dachte, Stürzl in dem Wald, auf den sie zugingen, zu erschlagen.

»Zwei Ungeheuer«, sagte er endlich lachend, »die lange zusammen unter einem Dach gelebt haben, die sich kennen, aber nichts voneinander wissen, gehen zusammen in den Wald und fressen sich auf.«

»Dein Irrtum«, sagte Stürzl, »liegt darin, daß du dir selber aus dem Weg gehst und dich dabei immer mehr zurückgezogen hast. Wer sich nur zurückzieht, sieht das Förderband nicht, das die Menschen an ihm vorbei in die Zukunft verfrachtet. Wer nur kämpft, sieht das Loch nicht, das er sich selber erschreit. Wie Maschinen reden die Leute schon von einer besseren Zukunft, die nichts anderes ist als ein riesiges Loch. Da frage ich dich nun, ob du dir das vorstellen kannst? Deine Geschichte war sicher nicht leicht. Wallisch«, sagte Stürzl, »hat eine Geschichte, die einen Hörsaal voll Psychologiestudenten für einige Semester zum Schweigen brächte. Deine Geschichte ist nicht schlimm, weil du dich bewegen kannst. Wenn dich zu hohe Erwartungen in die Universität gelockt haben, wenn dich die Universität getäuscht hat, hindert dich nichts, die Universität wieder zu verlassen. Aber Erwartungen in die Zukunft zu setzen, in eine Zeit, die es noch nicht gibt, Menschen mit Erwartungen, daß sie es demnächst besser haben werden, zu führen, ist nicht einfach Wahnsinn, sondern ein Verbrechen. Du darfst jetzt aber nicht glauben, daß das Summerauer Manifest den Marxismus in die Knie zwingen wird.« Haupttrumpf des Marxismus, sagte Stürzl, sei immer noch die Zukunft, die jedoch nicht aufhöre. Das Summerauer Manifest hingegen, das sich nur an Gegenwart und Vergangenheit und Natur orientiere, habe den Vorteil, daß es handlich sei. Da das Summerauer Manifest alle Fortschrittsvorstellungen bewußt hinterschreite, die sich ohne Natur und ohne die Menschen, die dann die Arbeit verrichten sollten, leicht machen ließen, könne keiner seiner Anhänger in die Situation gedrängt werden, in Summerau erklären zu müssen, wie der Weg nach Summerau führe. Um überhaupt dorthin zu kommen, wo Sympathien und Menschen gebraucht würden, müsse man mit seinen Vorstellungen erst einmal in einem Dorf landen. Summerau sei nichts anderes als ein Dorf.

Das Summerauer Manifest sei ein Verweis.

Das Summerauer Manifest setze sich nicht mit marxistischen Bibliotheken auseinander, auch nicht mit der Sowjetunion, nicht an die Sowjetunion, sondern nur an Summerau zu denken, sei heute beinahe schon ein Beruf. Mit den Leuten in der Kommunistischen Partei, die nun schon recht geübt darin seien, viel Positives über die sowjetische Bündnispolitik zu verbreiten, habe er noch viel vor, sagte Stürzl.

Stürzl sprach dann von den zwei Ungeheuern.

Er ging gebückt neben Holl her, stieß Wutschreie aus und schlug mit den Armen um sich, als müßte er sich von einer Last befreien. Sein Gesicht wurde dabei so finster, daß Holl lachen mußte und dabei vergaß, daß er kurz zuvor noch vorgehabt hatte, ihn zu erschlagen. Es schien Stürzl auch nicht zu stören, daß ein Mann und eine Frau, die ihnen mit zwei Kindern aus dem Wald entgegenkamen, einander kopfschüttelnd anschauten und sich dann schnell um ihre Kinder kümmerten.

Die Kette der Sklaverei lasse ihn nicht frei, knurrte Stürzl und machte einen Sprung nach vorn, kehrte sich um und tänzelte rückwärtsgehend vor dem eben gespielten Unterdrückten her, summte ihm die Internationale vor und flüsterte ihm mit einem mißtrauischen Blick zur

Seite zu, daß es allmählich an der Zeit sei, sich von denen, deren Eigenschaften er nun kenne, zu befreien. Er wechselte dann mehrmals hin und her, brüllte einmal so laut, daß die Familie beinahe die Flucht ergriff, blickte streng, sprach von der ungeheuren Kraft der Wut und sagte plötzlich lächelnd zu Holl, daß auch die Wut längst der Vergangenheit angehöre.

Heute würden ja längst Bündnisse geschlossen, sagte er erleichtert. Haupttrumpf des Marxismus sei nach wie vor die Zukunft, wenn auch von Zukunft schon viel weniger die Rede sei als von wirklicher marxistischer Realpolitik, die sich darin zeige, daß ein Stoß netter Gedichte zu Ehren der Parteitage geschrieben würden. Und was ihm an den Parteitagen besonders gefalle, sei, daß sie nicht in Krawalle ausarteten. Bestürzt sei er allerdings manchmal über den Mut der Intellektuellen. Die Intellektuellen seien vor allem sprachlich gut. »Schon Stalin soll ein passabler Sprachwissenschaftler gewesen sein.« Sprachwissenschaft habe überhaupt den Vorteil, daß sie ins Detail gehe. Was der Mensch brauche, seien Details. Die Industrie habe den Vorteil, daß sie den Menschen Sicherheit vermittle, so müßten sie nicht das All angaffen.

Der Mensch sei doch stärker als die Natur.

Nur Solidarität bringe den Menschen weiter.

Freundschaften seien nichts.

Sich vom All aus vorzustellen, wie die Erde aus den Fabriken atme, sei ein Unsinn.

Arbeitstempo und Klassenkampftempo.

Weder das Arbeitstempo noch das Klassenkampftempo dürften von der Natur abgeschaut werden.

Die Industrie sei das Maß aller Dinge.

Fortschritt gehe von der Industrie aus.

Ein verirrter Mensch müsse sich an Lenin halten.

Der Klassenkämpfer dürfe sich nicht vom Hebel abbringen lassen.

Die Industrie setze die Menschen in Bewegung.

Die Bauern seien nur Diener der Industrie.

Ein Buch zweimal zu lesen, sei überhaupt ein Irrtum. Sich in Ruhe mit Wallisch auseinanderzusetzen, sei ganz einfach deshalb ein Irrtum, weil Wallisch einen Menschen wie den Parteidichter für Jahre um den Verstand bringen würde. Der Parteidichter kichere. Der Revolutionsdichter kenne sich gut in den Institutionen aus und lebe schon seit Jahren vom Umgang in den Institutionen. Der Revolutionsdichter habe einen schönen Wintermantel. Für Literatur setze sich der Revolutionsdichter auch ein. Polen. Mexiko. Stipendien. Warum Wallisch, Holl und er sowohl in der Stadt als auch auf dem Land existierten, hänge einfach damit zusammen, daß sie sowohl in der Stadt als auch auf dem Land insgesamt fast dreißig Jahre lang beinahe umgekommen wären. Wahrscheinlich gebe es im gesamten deutschen Sprachraum keinen Schriftsteller, der Wallisch aufs Papier bringen könne, ohne ihn der Einfachheit halber umbringen zu müssen.

Der Wechsel zwischen katholischem Männerhaus und Kommunistischer Partei habe ihn weitergebracht.

Zu einem Delegierten der sowjetischen Parteispitze hinzugehen und ihn zu bitten, ob er mit dem Finger an den Medaillen klingeln dürfe, sei das Höchste, was er einem Summerauer Manifestanten gestatte.

Wie lang er glaube, daß Arbeiter in den Wirtshäusern nur über Automarken gesprochen hätten.

Länger als ein Jahrzehnt schon, sagte Holl. Das sei ja ein Wohlstandsabenteuer, das noch anhalte. Über zwei Jahrzehnte, verbesserte sich Holl, dauere es wahrscheinlich schon, daß in Wirtshäusern über Automarken gesprochen werde. Mittlerweile werde dieses Thema ja auch schon in Schulaufsätzen abgehandelt. Er selber habe schon einen Aufsatz über Autowaschen geschrieben.

»Einerseits Wohlstandsabenteuer, andererseits Spaß«, sagte Stürzl und ging weiter. Ein Telefonapparat genüge heute schon, um einen vom Bruder zu trennen. Die Notwendigkeit, ein Telefon zu haben, um mit der Nachbarschaft bei offenem Küchenfenster so laut zu telefonieren, daß sich die Telefonierenden das freie Ohr zuhalten müssen, um zu hören, was sie sich durchs Telefon zu sagen haben, habe seinem ältesten Bruder einen Strich durch seine Entwicklung gemacht. Weil in der Nachbarschaft Telefonapparate installiert worden seien, habe sein Bruder ganz einfach aufgehört, sich zu entwickeln, um dafür zu arbeiten, daß endlich ein Telefonapparat im Haus sei.

In der Literatur habe der Arbeiter schon ziemlich das Wort. Von Schauspielern werde er schon lange auf der Bühne gespielt. Metaphysik sei nichts. Das führe nur in den Kopf und beunruhige vom Kopf aus auch noch den Körper. Und ein unruhiger Körper gehe durch Summerau und weit über Summerau hinaus, ohne zu merken, daß Summerau der Sitz des Weltkommunismus sein werde.

Sprache sei ein Transportmittel. Um möglichst viele Bauern zu vereinsamen und in den Selbstmord zu treiben, müsse man die Sprache von ihnen wegtransportieren. Sprache gehöre in die Institutionen, wo die Leute wüßten, wie das Leben zu funktionieren habe. Die Sprachwissenschaft sei weit fortgeschritten.

Entlang der tschechischen Grenze gehe er schon seit über einem Jahr nicht mehr spazieren. Bei seinem letzten Summerauer Aufenthalt sei er zur tschechischen Grenze hinauf und habe geübt, weder an den Marxismus noch an die Sowjetunion zu denken. Aber sein Körper sei noch nicht stählern genug gewesen. Er habe dann nicht mehr sagen können, ob Kopf oder Körper versagt hätten. Jedenfalls wäre sein Körper mit Kopf durch den Eisernen (Stürzl meinte den Eisernen Vorhang) durch. Er habe die Übung abbrechen müssen und sei erschöpft nach Summerau zurückgekehrt.

Gekicher und Kampfgeschwindigkeiten hätten ihn durch finstere Schluchten gehen lassen.

Dann sei er einmal in der Früh vom katholischen Männerhaus in das kommunistische Gebäude, um zu kontrollieren, ob die Genossen schon auf seien, und da habe er einen arbeitenden Menschen schrecklich einsam am Haus der Kommunistischen Partei vorbeigehen gesehen. Und da sei ihm auf einmal übel geworden.

Man habe den Fortschritt nach Summerau getrieben und die Menschen von Summerau in die Stadt gelockt, um sie in der Stadt fertigzumachen.

Der Gouverneur habe wenigstens noch ein bitteres Lächeln um die Mundwinkel.

Von den Revolutionen, sagte Stürzl lachend, ließe sich nun schon ganz gut leben. Er könne, anstatt anstrengende Spaziergänge zu machen, Stücke aus der Revolution vortragen und davon leben.

Aber Gräben seien jetzt einmal wichtiger. »Ganz einfach um zu zeigen, daß man vor und zurück gehen kann.«

Er sei nicht im Besitz des Summerauer Manifests, bestritt Stürzl immer heftiger. Er könne nicht zurücknehmen, was ihm nicht gehöre. Er könne das Summerauer Manifest auch nicht zu Papier bringen. Im Summerauer Manifest stehe, daß es nicht zu Papier gebracht werden dürfe. Er habe das Summerauer Manifest auch nicht erfunden. Das Summerauer Manifest, stöhnte er, könne jederzeit verworfen werden. Das Handliche am Summerauer Manifest sei, daß es über Summerau hinaus nichts verspreche. Das Summerauer Manifest, flehte er, sei kein Volksbetrug. Wenn er sich an einem Volksbetrug, schluckte er, beteiligen würde, müßten auch die Selbstmörder auf den Bauernhöfen ein Volksbetrug sein. Aber Tatsache sei, daß Menschen von Menschen fortgingen, daß niemand mehr wisse, wann das aufhören werde. Daß es den Willen gebe. Er habe sich lange überlegt, ob er das Summerauer Manifest aus der Hand geben sollte. Torberg, sein ehemaliger Zimmerkollege, habe jedenfalls das Summerauer Manifest nicht. An soviel könne er sich erinnern. Er habe das Summerauer Manifest aus der Hand geben müssen. Ziller könnte es haben. Ziller fahre oft in die Sahara. Ziller könnte es gelesen und in der

Sahara verworfen haben. Es sei auch möglich, daß Holl es an Lorz weitergegeben habe. Aber Lorz sei tot. Lorz sei beim Bergsteigen abgestürzt, habe er von Ziller erfahren. Schließlich log Stürzl noch, daß ihm das Summerauer Manifest zwischen Linz und St. Pölten von einem alten Mann im Zug zugesteckt worden sei.

Er verstehe nicht, sagte Anton Hegel, es sei doch sowieso schon jeder in die Irre gegangen. Ja, sagte Holl mit verzogenem Mund, er habe sich ja auch nicht über Nacht von einer jahrelang eingeübten Bewegung losreißen können. Die Dialektik könne er auch nicht überspringen.

Von einem Testament wisse er, Holl, jedenfalls nichts. Alles, was Stürzl ihm noch habe zurufen können, sei gewesen, daß ein Summerauer Manifestant nur gelebte Sätze von sich geben dürfe.

Und das, daran erinnere er sich noch genau, dürfe nicht sein, ehe ihm nicht schon der nächste Satz sicher sei. Entleeren dürfe sich der Summerauer Manifestant jedenfalls nicht, denn dann wäre er ja erledigt, ganz einfach ein für alle Male erledigt.

FRANZ INNERHOFER
Um die Wette leben

ROMAN

Residenz Verlag

Eine Geschichte rund um den Süden, nicht als Urlaubsziel, sondern als Ort, um leben zu lernen.

»Es ist wieder Zeit, Männer zu mögen.«

Margaret Atwood

MannsBilder
Von Frauen

MannsBilder
Von Männern

**MannsBilder
Von Frauen**
Originalausgabe
dtv 11720

»MannsBilder« – gesehen von Frauen, zum Beispiel von Isabel Allende, Margaret Atwood, Gioconda Belli, Benoîte Groult, Elke Heidenreich, Tama Janowitz, Elfriede Jelinek, Erica Jong, Esther Vilar, Christa Wolf u. a.

**MannsBilder
Von Männern**
Originalausgabe
dtv 11721

»MannsBilder« – gesehen von Männern, zum Beispiel von Madison Smartt Bell, Robert Bly, Heinrich Böll, Ernest Bornemann, Bruce Chatwin, J. W. Goethe, Sam Keene, Erich Loest, Klaus Theweleit, Wolfram von Eschenbach u. a.

Thomas Bernhard im dtv

Foto: Isolde Ohlbaum

Die Ursache
Eine Andeutung

»Thomas Bernhard schildert die Jahre 1943 bis 1946, als er eine drückende, geistabtötende, zuerst nationalsozialistische, dann katholische Internatszeit erlebte ...
Wenn etwas aus diesem Werk zu lernen wäre, dann ist es eine absolute Wahrhaftigkeit.« (Frankfurter Allgemeine Zeitung)
dtv 1299

Der Keller
Eine Entziehung

Die unmittelbare autobiographische Weiterführung seiner Jugenderinnerungen aus ›Die Ursache‹. Der Bericht setzt an dem Morgen ein, als der sechzehnjährige Gymnasiast auf dem Schulweg spontan beschließt, sich seinem bisherigen, verhaßten, weil sinnlos erscheinenden Leben zu entziehen, indem er »die entgegengesetzte Richtung« einschlägt und sich im Keller, einem Kolonialwarenladen, eine Lehrstelle verschafft ...
dtv 1426

Der Atem
Eine Entscheidung

»In der Sterbekammer bringt sich der junge Thomas Bernhard selber zur Welt, auch als unerbittlichen Beobachter, analytischen Denker, als realistischen Schriftsteller. Aus dem Totenbett befreit er sich, in einem energischen Willensakt, ins zweite Leben.« (Die Zeit)
dtv 1610

Die Kälte
Eine Isolation

Mit der Einweisung in die Lungenheilstätte Grafenhof endet der dritte Teil von Thomas Bernhards Jugenderinnerungen, und ein neues Kapitel in der Lebens- und Leidensgeschichte des Achtzehnjährigen beginnt. Bis schließlich sein Lebenswille die Oberhand gewinnt, bedarf es vieler schmerzhafter Erfahrungen.
dtv 10307

Ein Kind

Die Schande einer unehelichen Geburt, die Alltagssorgen der Mutter und ihr ständiger Vorwurf: »Du hast mein Leben zerstört« überschatten Thomas Bernhards Kindheitsjahre. »Nur aus Liebe zum Großvater habe ich mich in meiner Kindheit nicht umgebracht« bekennt Bernhard rückblickend auf jene Zeit.
dtv 10385

Christa Wolf
im dtv

Foto: Isolde Ohlbaum

Der geteilte Himmel
Liebesgeschichte zur Zeit des
Mauerbaus in Berlin
dtv 915

Nachdenken über Christa T.
Frauenleben im
Osten Deutschlands
dtv 11834

Kassandra
Deutung der antiken mytholo-
gischen Frauengestalt in ihrer
Suche nach den Ursachen von
Gewalt und deren Überwindung
dtv 11870

**Voraussetzungen einer
Erzählung: Kassandra
Frankfurter Poetik-
Vorlesungen**
Bericht über eine Griechenland-
reise, Nachdenken über Kassan-
dra, über weibliches Schreiben
dtv 11871

Kindheitsmuster
Auf den Spuren der Kindheit
im Nationalsozialismus
dtv 11927

Kein Ort. Nirgends
Fiktive Begegnung zwischen
Karoline von Günderrode
und Heinrich von Kleist
dtv 11928

Was bleibt
Erzählung um die psychischen
Folgen von Bespitzelung
dtv 11929

Störfall
Tschernobyl, April 1986. Eine
Reaktion auf die unfaßbare
Nachricht
dtv 11930

Till Eulenspiegel
»Eine Wut in sich, die er nicht
los wird.« Till Eulenspiegel zur
Zeit Luthers und Karls V.
dtv 11931

Im Dialog
Reden, offene Briefe, Aufsätze
und Gespräche während der
Wende
dtv 11932

Günter Grass
im dtv

Foto: Klaus Morgenstern

Die Blechtrommel
Die Autobiographie des Oskar
Matzerath, der Wirklichkeit
ertrommeln und Glas zersingen
kann
dtv 11821

Katz und Maus
Sein abnormer Adamsapfel
macht Mahlke zum Helden
wider Willen und führt seinen
Untergang herbei
dtv 11822

Hundejahre
Der Roman über die Danziger
Kleinbürgerwelt in der Zeit von
Faschismus und Krieg
dtv 11823

Der Butt
»...eine Geschichte vom Fehlen
und Verfehlen... eine Geschichte
mit verzweifelt utopischem
Ende...«
dtv 11824

**Ein Schnäppchen namens
DDR**
Gesammelte Reden des »vater-
landslosen Gesellen« Günter
Grass, gehalten im Jahr 1990
dtv 11825

Unkenrufe
Eine deutsch-polnische Liebesgeschichte, erzählt mit leiser
Ironie und satirischer Schärfe
dtv 11846